光文社文庫

図書館の子

佐々木　譲

光　文　社

目次

遭難者

その光は、照明弾が上がったのか、と思えるほどの強い明るさだった。

もちろん児島志郎《こじましろう》は、最初からその光を見ていたわけではない。南方向の空が明るくなったと気づいて身体《からだ》の向きを変えた。そのとき初めて児島は、空に浮かぶ光源に気づいたのだ。ゆっくりと夜空を落ちてくる。梅雨も終わりかけの空は曇っていたが、さほど低いわけではなかった。

光源はごく近かった。月島《つきしま》の上空にある。いや、もっと近い。隅田川《すみだがわ》の水面の上だろうか。光源の高さは、この病院の、いま児島が立つ七階のテラスより少し上ぐらいか。落下中だ。四年前に竣工《しゅんこう》したこの病院の新館は、このあたりで最も高いビルディングだ。七階のテラスからは、東京湾から日比谷《ひびや》方向の市街地まで、よく見渡せた。

いま月島西岸の倉庫群の屋根が照らし出されている。川面《かわも》もその光を反射していた。小さな蒸気船が、川下からちょうどその光の下に入ってくるところだった。ポンポンというエンジンの音が、ここまで響いてきている。

照明弾とも見えるその光源は、煙を引いてはいなかった。火薬が燃えているようではない。ただ、白熱して、強烈に明るいのだ。

児島は視線をその光源の上に移動させた。気球が電灯でも吊《つ》り下げているのか？すぐに、自分がずいぶん馬鹿馬鹿しいことを想像したと恥ずかしくなった。この照度だ。やはり照明弾とか、花火が打ち上がったとでも判断したほうが合理的だ。でも、照明弾だとしても、どこの砲台が撃ったものだろう。光に気づいてからもう七、八秒はたつが、いまだに爆発音や破裂音は聞こえてこないのだ。東京湾要塞の猿島《さるしま》砲台だとしても、もう砲声は響いてきていい。夜であれば、砲声はずいぶん大きく聞こえるのだ。

手すりに両手を置いて見つめていると、やがて光は落下しながら急速に小さくなり、消えた。蒸気船の小さな灯《あかり》だけが、闇に残った。

児島は手すりから離れ、屋上階の出入り口に向かった。建物の中に入ってから腕時計を見ると、午後の九時三十分をまわったところだった。

十五分前まで、児島は外科の宿直医のひとりとして、緊急処置室で待機していた。さいわいきょうはまだ、外科医が対応すべき救急患者はひとりも運ばれてきていない。

児島は文京《ぶんきょう》区にある私立の医学校を大正十一年に卒業し、研修医を経て、この病院で勤務を始めた。在職してもう十五年近くになる。まだ二日続きの宿直勤務でもなんとかこなせる年齢ではあるが、それでも自分の出番がなく、平穏な夜であることは喜ぶべきことだった。

児島はエレベーターで一階へと降り、緊急処置室に隣り合う宿直室へ戻った。

それから十分もしない時刻だ。夜間の出入り口付近が騒がしくなった。誰か怪我人《けがにん》が運び込まれてきたようだ。宿直の看護婦たちが廊下を駆けていくのが聞こえた。児島は白衣のボタンを確認してから、宿直室を出た。

廊下の先から、男がふたりで担架を運んでくる。男たちは警視庁消防部の救急隊員ではなかった。病院勤務の助手たちだ。担架の両横に、看護婦がふたりずつ。担架の後ろから、頭に手拭《てぬぐ》いを巻いた中年男がついてくる。船員と見える男だった。

その場で最年長の看護婦が、児島に駆け寄ってきて、小声で言った。

「築地《つきじ》の川岸から運ばれてきました」

彼女はこの病院の看護婦としては二十年以上経験を積んでいる。佐藤昌枝《さとうまさえ》。児島が頼りにしている看護婦のひとりだった。

昌枝は続けた。

「男性が隅田川の水面に浮いていたそうです。呼吸、脈はあります。水は飲んでいませんが、意識不明です」

児島は訊《き》いた。

「身投げ？」

「わかりません。助け上げた船の船長さんがついてきています」

「処置室へ入れて」

昌枝は児島の脇《わき》を抜け、処置室のドアを開けた。担架が中に運び込まれた。児島も処置室に入ろうとすると、手拭いを頭に巻いた男が児島に訊いた。

「あたしは、どうしたらいいでしょう?」

児島は男に顔を向けた。

「旦那さんが引き上げてくれたんですね?」

「ああ。いましがた空が明るくなって、また暗くなったと思ったら、光が消えたあたりであのひとが浮いていた」

「さっきの光のこと?」

「そう。船の行く手で、いきなり花火でも上がったのかと思ってたまげた」

「ちょっとここで待っていていただけます? 事情次第で、処置も変わってきますんで」

「いいすよ」

児島は中に入った。入れ替わりに男たちが、畳《たた》んだ担架を持って処置室を出ていった。

処置台の上には、男が横たわっている。シートをよけると、男は裸だった。年齢は二十代なかば、あるいは後半ぐらいだろうか。頭にはまったく髪がなかった。丸刈りではない。剃《そ》り上げたばかりの頭だろうか。それとも何かの薬物による脱毛症なのか。顔だちは若いけれども、案外年配なのかもしれない。身体全体は皮下脂肪が薄く、筋肉質だ。栄養状態は悪くない。

一瞥《いちべつ》したところ、大きな外傷はなかった。出血も見当たらない。

昌枝が男の左腕に血圧計を当てた。

児島は若い看護婦のひとりに訊いた。

「着物は？」

若い看護婦が答えた。

「裸でした。船長さんが脱がせたのかもしれません」

男は呼吸している。聴診器を急患の胸に当てた。大動脈破裂はなさそうだし、肺にも異常な音はなかった。さらに手首を取って、脈を診《み》た。三十から四十くらいか。軽い心筋挫傷《しんきんざしょう》が考えられる。まぶたを広げて瞳孔を診た。反応があった。

患者の口のまわりを見て訊いた。

「吐血《とけつ》していた？」

「いいえ」と、同じ看護婦が答えた。

昌枝が言った。

「血圧は九十、六十です」

児島は頭から顔、首にかけて、触診していった。骨折や陥没はなかった。脳震盪《のうしんとう》からくる脳浮腫《のうふしゅ》もない。右の耳の下に、黒子《ほくろ》が三つ、ちょうどオリオン座のベルトラインの星のように並んでいた。

肩、胸、腕、手首にも、異常は見当たらなかった。腰から脚、足先までも同様だ。内臓破裂もないようだった。

看護婦たちに手伝ってもらい、男の身体を少し持ち上げてみた。背中と腰の上に、軽度の新しい内出血がある。その輪郭は不鮮明だ。硬いものに激しく打ちつけられたものとは違う。内出血の一カ所を押したとき、男はうめいた。触診を続けたが、脊髄《せきずい》は損傷していないようだった。腰にも外傷はなく、骨盤の損傷もないと見えた。

両手の指を見た。肉体労働をしている男の手ではなかった。筋肉が特に発達しているわけではないし、傷やタコもできていない。皮膚は荒れておらず、爪も切られたばかりと見える。口を開けてみた。歯にも、口蓋《こうがい》にも損傷はない。虫歯もなく、奥歯が治療されていた。銀色の金属が埋められている。初めて見る治療痕のような気がしたが、歯科は専門外だ。治療の種類についてはわからない。呼気を嗅《か》いでみたが、酒の臭いはしなかった。

若い看護婦のひとりが、体温計を男の左腋下《えきか》から取り出して言った。

「三十五度です」

低体温症と呼ぶほどではない。

児島は首をひねった。川面から引き上げられた急患。意識はないが、大きな怪我はしておらず、心肺ともに危険という水準ではない。水を飲んでいなかったのだから、何かの拍子に川に落ちて溺《おぼ》れたようでもなかった。どうして彼は水に浮かび、意識を失っているのだろう？

先ほどテラスから見た光のことを思い出した。あの光は、川面に向かってゆっくりと落ちていったが、この男と何か関係はあるのか？

児島は佐藤昌枝に指示した。

「血液検査。それと静脈注射の用意」

はい、と昌枝が言った。

児島は処置室を出た。外の廊下で、船長が待っていた。頭の手拭いを取って、手に握っている。

「少し伺《うかが》っていいですか？」

男は児島に顔を向けてうなずいた。

「助かりそうかい？」

「ええ。大怪我はしていません。溺れかけていたんですか？」

「いや、川に浮かんでいたんだ。仰向《あおむ》けで、丸太ん棒みたいな格好《かっこう》で。あわてて船を近づけて竹竿《たけざお》で引き寄せた。素っ裸でしたよ」

「妙な光があったときなんですね？」

「ああ、正面で光っていて、その光がゆっくり水面に落ちていった。こっちも何かと警戒しながら船を操ってた。そのうち水面から波紋が広がって、目をこらすと、波紋の真ん中にあの男が浮いていたんだ」

「あの男が落ちてきたということでしょうか？」

「いいや。違うと思う。水しぶきが上がったわけじゃないし、水音もしなかったな。そもそもあの男が、どこから落ちる？　大川《おおかわ》の真ん中だよ。勝鬨橋《かちどきばし》はずっと先だったし」

「男は川を流れていたんでしょうか？」

「どうかな。こっちは光に気を取られていた。だけど、光とあの男が関係あるのかどうかもわからないよ。おれ、もう帰っていいかね」

「念のため、連絡先を教えていただいていいですか？」

「待っているあいだに、名前も住所も書いたよ」

「では、帰っていただいてもかまいません。人命救助、ありがとうございました」

「ほんとにたまげたな」

船長は手にしていた手拭いを頭に巻き直すと、夜間出入り口の方向へと歩いていった。

処置室に戻ると、昌枝が、レントゲンは撮りますか？　と訊いてきた。

「朝まで様子を見よう」と児島は言った。「病室に移してくれ」

そのとき、宿直の男性職員が処置室に飛び込んできた。

「新橋《しんばし》操車場で、列車事故がありました。ふたり、怪我人が運ばれてきます」

児島は確認した。

「怪我の具合は？」

「貨車が脱線して、鉄道員が積み荷の下敷きになったんです。ひとりは重体のようです」

処置室の空気が、たちまち緊張した。


児島がふたりの怪我人の手術を終えて、仮眠に入ったのは午前四時だった。六時には目を覚ました。仮眠室から廊下に出ると、昌枝が声をかけてきた。

「昨日の裸の急患、目を覚ましています」

児島は訊いた。

「何か言ったか?」

「まだ何も」

児島は男が移った相部屋の病室に行った。病室は八人入ることのできる部屋で、男の寝台は左側のいちばんドアに近い位置だった。

寝台の上でその男が首をめぐらしてきた。昨日と違い、病院の寝間着を着ている。

男は、堅気《かたぎ》と見える。粗暴な、あるいは野卑《やひ》な印象はなかった。

児島は言った。

「おはよう。昨日、あんたは意識不明で運ばれてきたんだ。見たところ、大きな怪我はしていない。どこか痛むところはあるかい?」

男は児島をまっすぐに見つめているが、顔に感情は表れなかった。完全には意識を回復していないのかもしれない。

「しゃべれるかな？」と児島は、寝台の脇まで歩き、男の横でしゃがんだ。「わたしは昨夜は宿直だった。昨日何があったか、覚えているかい？」

男は黙ったままだ。

児島は、男の記憶回復を助けるために言った。

「隅田川から助け上げられたんだ。ポンポン船の船長が、川に浮いているあんたを見つけた」

男はもう一度まばたきし、ゆっくりと病室の中に視線をめぐらしてから言った。

「いま、いつです？」

「水曜日の朝だ」と児島は答えた。

「いつの？」とまた男が訊いた。

児島は男の質問に戸惑った。いつ？　とは、どんな意味なのだろう。

「七月二十一日」それから軽口のつもりでつけ加えた。「昭和十二年のだよ」

男が驚愕《きようがく》したのがわかった。声さえ出さなかったが、瞳孔が開いた。

なぜ、そこまで驚くのだろうか？

児島も男の反応に驚いて言った。

「いつならよかったんだ？」

男が二度まばたきしてから、オウム返しに確認してきた。

「昭和十二年？」

言葉がわかっていなかったのかもしれない。日本人ではなかったのか？

「わたしの言葉は、わかるのかな？」

男は小さくうなずいた。

児島は言い直した。

「西暦で言えば、一九三七年だ」

その意味を吟味するようにまたまばたきしてから、男が訊いた。

「ここはどこなんです？」

それはふつう、患者の意識の清明具合を確認するために、医師がする質問だ。でも彼は意識不明で運ばれてきた。ここがどこかわかっていなくてもおかしくはない。

児島は病院名を答えた。

「あんたは急患で運ばれてきた。わたしは医者だ」

「東京ですか？」

「そう。築地」

男の顔からは、築地とこの病院名が結びついたかどうかわからなかった。東京の住人なら、この病院の名を聞けば、所在地の築地を思い出す。この男は、東京の地理に明るくないのってしまっていたか。

か？　いや、自分がこの病院の医師だから、東京で知らない者はいないと思い上がっていたか。

男がさらに訊いた。

「わたし、ひとりですか？」

「そうだ。誰かと一緒だったのか？」

男は不安そうな顔となった。目が左右に泳いだ。

「誰かと一緒に、何か事故に遭《あ》ったのか？」

男は右手を額に当てた。自分で自分の意識の確かさをはかっているかのようにも見える。

児島は言った。

「いくつか質問させてくれ。簡潔に、短く答えてくれたらいい」

「はい」

「自分の名前は？」

男の口もとが動いたが、答えられなかった。

「生年月日は？」

やはり男は、口を開けたが答えない。

「どこに住んでいる？」

男の目に、困惑が浮かんだ。質問の意味が取れなかったようでもあるが、答え方に迷ったとも見えた。たとえば、出身地を言うべきなのか、臨時の宿を言うべきなのかと。男はけっきょく首を振った。

児島は男の目の前に、右手の三本の指を突き出した。

「何本？」

「三本」

「わたしを見たまま答えて」児島は右手を右方向に移動させて、指を二本立てた。「何本？」

男は視線を児島に向けたまま答えた。

「二本」

「こっちは？」児島は左手を左方向に移動させて人差し指を立てた。

「一本です」と男は答えた。

「昨日の夜は、どこにいたか、覚えている？」

「いいえ」

「川に浮いていたところを助けられたんだ。何があったんだ？」

「川って？」

「隅田川。何があった？」

答えるまで、少し間があった。指の本数を答えたときとは、反応の速度が違う。

「よくわからない。覚えていない」

「裸で助けられたんだ。ご家族に連絡して、迎えにきてもらったほうがいい。奥さんはいるのか？」

男のまばたきが激しくなった。懸命に思い出そうとしていると見えた。脳震盪を起こしていたのか。名前も思い出せないのだとすれば、その症状がまだ続いているのだろうか。数秒待ったが、男は答えなかった。

児島は質問を変えた。

「名前は思い出せなかったけれど、あんたは外国人ってことはあるかな？」

「外国人？」

「もしくは、外地で日本語を覚えたとか。外国に住む日系の二世とか」

「どうしてです？」

「なんとなくだ。あんたの言葉は東京訛《なま》りじゃないし、すらすら答が出てこないのは、あんたはふだん別の言葉を使っているのかなとも思うから」

「よくわかりません」

「自分のことを話すのにいちばんラクな言葉でしゃべってもかまわない」

「何も、思いつきません」

「旅行で日本に来ているのかい？」

「旅行？　そうです。旅行中、です」

その答え方で通じるのかどうか、不安がある、とも言っているような調子だった。

児島は言った。

「川岸から落ちたのかもしれないな。頭部打撲で、一時的な健忘症となったか」

「わたしは、大怪我はしていないんですね？」

「ざっと診たところはね。でも、痛むような場所があれば、レントゲンを撮ろう。立てるかな？」

男は寝台の上で身体を慎重に回転させた。顔をしかめることはなかった。痛みはないようだ。彼は夏掛けの下から両脚を出して、外に垂《た》らした。

「ゆっくりでいい。立ってみて」

児島も立ち上がり、男を支えるつもりで左手を男に差し出した。男は児島の手に自分の右手を重ねると、寝台から腰を上げた。

「痛い」男は動きを止めた。「腰が痛い」

男は、寝台にまた腰をおろした。

「いまは痛まないか？」

「ええ」

「痛んだ場所はどこ？　見せてくれるかい」

男は寝間着をたくし上げると、右手で右臀部《でんぶ》の下を示した。昨日はなかった内出血が確認できた。児島はその内出血部分に触れた。

「少し痛い」

「水に落ちたときの打ち身だと思う。背中に痛みは?」

「ありません」

児島は振り返り、昌枝に消炎鎮痛剤の塗布を指示した。

男が訊いた。

「わたしの持ち物はどこです?」

「裸で、身ひとつで運ばれてきた。助けてくれたひとも何も言っていなかったが、何を持っていたんだ?」

「いえ、たいしたものは」

「鞄《かばん》とか?」

「いいえ」

「自分は鞄を持っていなかった、とわかっているんだね」

「あ、いえ」男は少し動揺を見せた。「何か持っていたんじゃないか、と思うだけなんですが」

「仕事は何だい? お坊さんか?」

「いや、よくわかりません」

「たとえば？　体格がいいので、軍人さんに見えないこともないけど」

「軍人、兵隊？」

語尾が、質問したかのように上がった。その意味で訊いたのか、と逆に質問されたように感じた。少し間を置いてから、男は続けた。

「そういう仕事をしていたような気になってきました」

兵隊に取られたが、いまは除隊しているということか。では、いまはどんな職業に？

「いちばん最近は、何をやっていたんだい？」

「すいません、覚えていません」

「謝ることはないが、思い出したら教えてくれ。何か自分のことを思い出す手がかりはないかな」

「たとえばどういうものです？」

「昨日のことが思い出せなくても、少し前にはどこにいたとか、何を見た、ということでもいい」

「駄目です。思い出せない」

病室のドアが開いて、看護婦が児島に声をかけてきた。

「先生、そろそろ」

昨日の怪我人の容態も診なければならなかった。

「明日の朝、また来る。いろいろ思い出しているといいな」

病室を出て廊下を歩きながらも、奇妙な急患だという思いが募《つの》った。健忘症の患者は何人か診たことがあるが、彼の場合、教科書に例示されているような典型的な症状からは少しはずれているようにも思えるのだ。部分的に記憶は回復しているのかもしれない。しかし、だとしたらなお記憶喪失を装う理由がわからない。雰囲気と言葉づかいからは、多少の教育を受けてきた者のように見えるし、まっとうな社会生活を送っていた者だろうとも想像できる。彼を待っている家族なり組織なり地域社会なりがあるはずなのだ。何か事故に遭遇したのだとしても、すぐに社会復帰できるだろう。自分の身元を隠したりごまかしたりする理由は、薄いのではないか。たとえば詐欺師でもない限りは。

何者なのだろう？

その答が見つからないまま、児島は次に診るべき怪我人の病室へと向かった。

長い宿直の夜が明けた。

引き継ぎを終えて病院を退勤しようという直前、休憩室でほかの宿直の職員たちが話しているのが聞こえた。昨夜の奇妙な光のことだ。児島は番茶を飲みながら、聞くとはなしにその話を聞いていた。

同じ光のことを話しているはずなのに、目撃の様子がひとりひとり違っていた。川面に光の波紋が広がった、という者がいたし、川面から垂直に光の柱が立った、という者もいた。児島が見たように、光が川面に落ちてきたという者もいたが、その男の話では、児島が見たものよりもずいぶん高い位置から光が落下したようだ。十個ばかりの小さな光が、ちょうどブドウの房のような形を作っていた、と言う目撃談も聞こえた。どの話も、たぶん事実なのだろう。見た者の位置、見たタイミング、受け入れる感覚の差が、その情報の違いとなって表れているのだ。

休憩室には今朝の新聞が届いていたが、ざっと見たところ、その光についての記事は出ていなかった。午後の九時過ぎのことだったから、新聞の締め切りには間に合わないできごとだったのか。新橋操車場の事故の記事も、紙面には載っていなかった。一面に載っているのはどの新聞も、政府が内地師団動員を下令《かれい》した記事だった。

ほぼ二週間前、北京《ペキン》郊外の蘆溝橋《ろこうきょう》で起こった日中両軍の衝突は、いよいよ全面戦争へと拡大する雲行きだった。

白衣を脱いで休憩室を出たところで、佐藤昌枝が声をかけてきた。

「先生」

彼女はまだ看護婦の制服のままだ。

「あの患者さん、名前を思い出しました」

昌枝が問診票を渡してきた。児島は受け取って、患者名の欄を見た。欄はていねいに黒く塗りつぶされ、欄外に槙野淳《まきのじゅん》と書かれている。

「どうしてここは黒くつぶされているの?」

昌枝が答えた。

「最初に書いた文字を消したんです。違う字を書いてから、あわてて」

「別の名前を書いたということか?」

「最初の文字が、槙という字ではありませんでした」

漢字を書き慣れていないのだろうか?

それとも嘘《うそ》を書こうとした? いや、ほんとの名前を書いてしまって、まずいと訂正したのか?

問診票の下のほうを見ていったが、住所も本籍地も職業も空欄のままだった。既往症、現在治療中の病気についても、記入はない。

児島は問診票を持って、その病室へと向かおうとした。

病院受付の男性職員が、児島を呼び止めた。

「先生、築地警察署の方が、昨日の急患のことで」

職員の後ろに、五十代だろうか、いかつい顔の白い開襟《かいきん》シャツ姿の男がいた。

その男が職員の横に出てきて、警察手帳を示した。

「築地署警備係の古川《ふるかわ》と言います。昨日の月島の妙な光の件で近所を調べています。光った直後に、川から引き上げられた男がいるとか」

「ええ。今朝、やっと意識を取り戻しました」

「その男から、話を訊いてもいいですか？」

職員が言った。

「先生の許可をもらわないといけないと伝えたんです」

児島は職員にうなずくと、古川と名乗った警察官に言った。

「一緒に病室に行きましょう。ただ、患者の容態次第では、やめていただきますが」

「かまいません」

児島は、男のいる病室へと歩き出してから、築地署の刑事に訊いた。

「何か事件があったのですか？」

古川が答えた。

「それを調べているんです。爆弾でも破裂したのかもしれない」

「ちょうどわたしもその光を見ました」

「先生も！」

「隅田川の真上で光った。爆発音は聞こえなかったな」

「聞いた、という証言もあるんです」

「急患の男とは、どう関係するんです？」

「こういうご時世です。どうしても、スパイの可能性を考える。主義者とかね」

スパイ。主義者。

もう何年も前から、外国人スパイには気をつけろと政府は国民に訴えている。映画を観《み》に行けば、本編上映の前にはスパイの手口についての啓蒙《けいもう》短篇映画も観せられるのだ。ただ、破壊活動を企てるような反政府思想の団体は、特高警察による徹底的な摘発ですでに壊滅した、と聞いていた。

児島は少し皮肉を込めて訊いた。

「彼がスパイで、爆弾を月島あたりで爆発させたと？」

「誤爆させたのかもしれない」

「火傷《やけど》などしてはいませんよ」

古川は、児島の答に反応せずにさらに訊いた。

「名前は？」

「問診票には、槙野淳と自筆で記入しました」

「間違いなく日本人でした？」

「言葉を聞く限りでは」

「出身地はどこだと？」

「生年月日も、住所も、自分の仕事もわからない」

「言うわけにはいかないのかもしれない」

「もし彼がスパイだったら、適当な作り話を答えるでしょう。黙り込むのではなく」

病室のドアを開けると、ドアに近い寝台で槙野はちょうど朝食を食べ終えたところと見えた。

児島は槙野に言った。

「警察のひとが、話を聞きたいと」

槙野の顔がわずかに緊張した。

古川がドアの脇の腰掛けをずらして寝台の脇に置き、腰掛けた。昌枝が手早く盆を片づけて、病室の外へ出ていった。

古川が訊いた。

「名前は？」

横柄な口調だった。

槙野が平板な抑揚で答えた。

「槙野淳」

古川と名乗った警察官は、さらに住所、本籍、職業など、昨日も児島が訊いたことを男に尋ねた。完全に、取り調べという調子だった。槙野の答え方には、古川への反発が明らかに感じ取れた。槙野は、名前以外は何も思い出せない、わからないと繰り返すだけだった。五つばかりの質問のあとに、古川が声の調子を少し落とした。

「ふざけたことを答えていると、いやでも思い出させることになるぞ」

脅しにかかったのだ。

児島は割って入った。

「医学的には、よくある症状です。ショックのせいで、逆行性の健忘症になっているんだと診断しています」

「芝居ですよ」

「何を思い出せば、スパイじゃないとわかります?」

聞いていた槙野の顔がこわばった。スパイ、という言葉に反応したのかもしれない。

古川が答えた。

「身元。身元を答えたら、こっちが裏付けを取ります」

「とりあえず名前までは思い出しているんですがね」

「裏付けの取りようがない」

児島が頭をかくと、古川が立ち上がった。ドアを視線で示す。児島の意見を求めたいということのようだ。

一緒にドアのそばまで行くと、古川が小声で訊いてきた。

「先生の診断では、健忘症なんですね？」

視線の片隅で、槙野がこちらを見たのがわかった。彼にも聞こえたのだ。

児島は答えた。

「医者に嘘をつく必要はありませんから」

「すぐ回復します？」

「個人差はあります」児島は、さほど声を落とさずに言った。「数年かかる患者もいるし、その場合も、発症時点までの陳述記憶のすべてが戻らないこともあります」

「なに記憶と言いました？」

「陳述記憶。ざっくり言ってしまえば、自分が何者か、どういう人生を送ってきたかというような記憶です」

「それ以外の記憶って、どんなものがあるんです？」

「手続き記憶というものがあります」

「それはどういうものです？」

「自転車の乗り方のような記憶です。言ってみれば、身体で覚えたような記憶は、失いません。だからあの患者は、箸も使えるし、たぶんほかの日常の行動にも支障はありません」

病室のドアが開いて、昌枝が顔を出した。

「先生、もうそろそろ交代したほうが」

古川が言った。

「もう少し、わたしひとりで事情を訊いていてかまいませんか？」

児島が拒絶する前に、槙野が寝台から言った。

「先生、自分の仕事のことを思い出したような気がします」

児島は驚いて槙野に目を向けた。

「どんな仕事だった？」

「ピアノを弾いていたように思うんです」

「クラシックの？」

「いえ。たぶんその、軽音楽という種類、です。自信はないんですけど」

古川が愉快そうに児島に訊いた。

「この病院には、ピアノはありますか？」

試してやろうという顔だ。ここはキリスト教の教団が運営している病院だから、礼拝堂にはオルガンがある。二階の談話室には、篤志家《とくしか》から寄贈されたアップライトのピアノもあった。ときおり東京音楽学校の学生が、患者への慰問で弾いてくれる。

昌枝が、不安そうに児島を見つめてくる。この患者を警察に引き渡すことになるかもしれませんと、その顔が言っていた。

児島は槙野に言った。

「ありますよ」

古川が言った。

「この男に、ぜひピアノを披露してもらいたい。ほんとに弾けるようなら、とりあえず引き上げますよ」

児島は、少しだけ古川という刑事を哀れんだ。槙野がもしピアノを弾いたとして、それはスパイではないことの証明にはならないはずだが。ただ、ピアノを習えるだけの資力のある家庭の出身だろうと想像がつくだけだ。

児島は昌枝に指示した。

「車椅子《いす》を用意してくれ。二階の談話室まで、槙野さんを運ぶんだ」

昌枝はくるりと踵《きびす》を返して廊下に出ていった。

談話室に入ると、槙野は車椅子からピアノ用の椅子に移った。昌枝が横に立って、背中に手を当てた。脇の棚に、楽譜集がいくつか重なっている。槙野はその楽譜集をさっと見てから、一冊を選んだ。

槙野はピアノカバーをはずすと、鍵盤蓋《けんばんぶた》を持ち上げた。白と黒の鍵盤が現れた。槙野は鍵盤を見つめ、指の筋肉をほぐす仕種を見せてから、そっと両手を鍵盤に置いた。音の具合を確かめているようだが、なんとなく児島は、槙野がピアノに触れるのは久しぶりなのではないかという印象を受けた。

やがて槙野は弾き始めた。最初のうちは、ささやくような音量でだ。病院の談話室に陽光が差し込むように、軽やかな旋律が流れ始めた。よく知っている曲だ。慰問演奏でも、ラジオでもよく聴く。

昌枝が小声で言った。

「ドリゴのセレナーデですね」

次第に演奏のテンポが上がっていった。槙野自身が、自分の指がほんとうに動くのかどうかを、弾きながら音で確認しているようにも聴こえた。曲は途中から雰囲気が変わった。弾き始めた曲の終わりを待たずに、べつの曲を弾き始めたようだ。曲想が少し違う、スローテンポの曲だった。

また昌枝が言った。

「ブラームスの子守歌」

児島は黙ったまま、槙野のピアノに聴き入った。それがどれほどの水準の演奏なのか、児島には判断はつかない。でもけっして拙《つたな》くは聴こえなかった。慰問に来る音楽学校生の演奏には多少劣るにしても。

歌声の入らないその曲は、やがて少し退屈にも聴こえてきた。それを察してか、やはり曲の途中で槙野はテンポを上げていって、すっと演奏を終えた。

児島は古川を見た。

古川は居心地が悪そうに言った。

「自分の仕事だけは思い出したんだな」

児島は槙野に言った。

「もしかしたら、ピアノが記憶回復の手がかりになるかもしれないな。弾いているうちに何か思い出していたんじゃないか」

槙野は首を振った。

「自分がどうしてこの曲を弾けたのかも、わからないんです」

昌枝が言った。

「病室に戻りましょう。もう交代時間をとっくに過ぎているんですから」

児島は槙野を昌枝にまかせ、古川を正面玄関まで送った。

ドアを抜けたところで、古川が訊いた。

「ああいう健忘症っていうのは、よくあることなんですよね？」

そう問われれば、多少の疑問がないではない。さっきも感じたが、これが確実に健忘症の症状なのかどうか、判断が難しいところがあるのだ。でも児島は答えた。

「よくあります。戦地ならいっそう多いはずですよ」

「また来るかもしれません」

古川は、なんとなく合点がいかないという表情で、正門へと通じる道を去っていった。

翌朝、児島が槙野の病室に行くと、彼はもう寝台の横に脚を下ろしていた。ちょうど看護婦が血圧をはかっている。その横に立つ佐藤昌枝は、書類挟みを手にしていた。寝台の夏掛けの上には、新聞が畳まれている。

「どうかな」と児島は槙野に訊いた。「顔色もよくなっている」

槙野が答えた。

「よくなりました。腰の痛みも、だいぶ引いています」

「記憶はどうだい？　住んでいた場所や家族のことは、思い出したかな」

「いえ、そちらは全然」

聴診器を胸に当て、臀部の内出血の具合も見た。たしかにかなり回復している。明日には退院させていいかもしれない。

児島は訊いた。

「ピアノはどこで習ったんだ？　音楽学校に行ったのかな？」

槙野は首を振った。

「思い出せないんです」

「あれが仕事だという記憶は確かだな」

「そうだと言い切る自信もないんですが」そして槙野のほうから質問してきた。「たぶんそろそろ退院できるんですよね」

「あんたは救急患者だ。歩けるようになったら、退院してもらうきまりだ」

「退院して、どこに行けばいいんでしょう？」

それは救いを求めたのではなく、単純に情報が欲しいと言っている顔だった。

「自分のうちを思い出せば、そこに帰るのがいい」

「思い出さなければ？」

「何か仕事をしながら、完全に記憶が回復するのを待つしかないだろう。裸の身体で、何も持たずに運び込まれたんだ。仕事と住むところが必要だな」

「仕事が見つからなければ、浮浪者になるんですね？」

「役所と相談してみる。名前も思い出せない場合、仮戸籍を作るという方法もあるが、あんたは名前も、ピアノが弾けることも思い出した。もう少しだ」

「はい」


槙野が運ばれてきて三日目の朝となった。

児島は、寝台で上体を起こしている槙野に訊いた。

「記憶はどうだい？」

槙野は首を振った。

「まださっぱりです」

聴診器を当て、ついで内出血の様子を見た。もうかなり引いていた。

「きょう退院できる」

槙野は、うれしそうではなかった。むしろ不安そうだ。

児島は、シャツのポケットから、用意してきたメモ用紙を取り出して槙野に渡した。

「浅草《あさくさ》のダンスホールだ。知り合いが支配人なんだ。楽士がひとり兵隊に取られて困っている。ピアノが弾けるなら、面接に来てくれと言ってくれた。行ってみるといい」

槙野はとまどいを見せつつ言った。

「浅草ですか」

「浅草はわかるかい？　繁華街だ」

「わかります」

「酔漢《すいかん》相手に軽音楽を聴かせる仕事だけど」

「どんな仕事でもするつもりです」槙野は逆に質問してきた。「先生は、浅草にはよく行くんですか」

「家があっちなんだ」

「タイトークなんですね？」

何と言われたのかわからなかった。

「え？」

　槙野はあわてて言った。

「何でもないんです。いいんです」

　児島は退院の手続きのことを簡単に話した。とりあえず衣類は、病院の運営団体が古着を用意してくれる。当座数日分の食費と、木賃宿に泊まるだけのカネも。次に具合が悪くなった場合、自力で来られるならこの病院の自分を訪ねるようにともつけ加えた。

　話し終えると、槙野が言った。

「ひとつお願いがあるんですが」

「聞けることならいいが」

「計算尺があれば、貸してもらうことはできますか？」

「計算尺？」児島は驚いた。「計算尺を使えるのか？」

「ええ。使っていたことを思い出しました」

「ドイツ製は高いぞ。うちの医者の誰かが持っているかもしれないが、わたしは持っていない。何を計算するんだ？」

「あ、いや、どうしてか、計算尺が頭に浮かんだので。何か計算したいわけじゃないんです」

「数年前から、国産でヘンミの計算尺ってものが売られてるな。値段はドイツ製よりは安いんだろうが。仕事では計算尺を使っていたのか？」

「似たようなものを使っていました」槙野は言い直した。「使っていたような記憶が少し。計算尺でも、いくらかは代用できるんじゃないかと思ったんです」

「何を計算したくなったのか、気になる」

「自分がどうしてここにいるか、計算でわかるかと」

「計算尺で、答が出ることか？」

槙野が苦笑を見せた。自嘲とも感じられる表情だった。

「ありえませんね」

児島も笑って、次の患者の寝台へと移った。

計算尺を借りたいと言ったことで、彼の仕事は技術者か理系の研究者なのではないかと想像できる。ピアノを弾くことは職業ではない。たぶんそちらは余技なのだろう。この分なら、自分が何者か、何をしていたか、彼が完全に思い出すまでさほどの時間は必要ないだろう。


槙野は退院したあと、児島が紹介したダンスホールに出向き、そのままピアノ弾きとして採用された。大陸での戦争が激化してナイトクラブやダンスホールの営業が禁止された昭和十五年の十月末まで、そのクラブで働いていた。児島も二度そのナイトクラブに顔を出し、槙野の様子を見たことがある。記憶の回復は進んでいなかったが、生活には困っていないようだった。感謝していると、会うたびに彼は言った。自分を助けてくれて、仕事まで紹介してくれて、と。このご恩は一生忘れません、と、やや古めかしい言い方でも謝意を示してきた。

クラブが閉鎖となったあと、彼は行方がわからなくなった。どこに行ったか、どんな仕事をしているのか、噂《うわさ》を耳にすることもなくなった。

その槙野と久しぶりに会ったのは、日米戦争が始まってから四年目の三月のことだった。槙野がひょっこりと病院に児島を訪ねてきたのだ。

「児島先生！」

槙野は国民服に、陸軍払い下げの外套《がいとう》を着込み、帆布《はんぷ》の背嚢《はいのう》を背負っていた。旅行中か、これから遠出するというところにも見えた。かなり痩《や》せていたし、顔には深い皺《しわ》が目立つようになっていた。

待合室に呼び出されたとき、児島は診察の途中で、長話をしている余裕はなかった。立ったままで、槙野の近況を聞くつもりだった。

「相変わらずです」と槙野はあまり自分のことは言いたくない様子だった。そしてぶしつけに訊いてきた。「先生、浅草におうちがあるんでしたよね」

「そうだ。浅草から通っている」

「ご家族は？」

「母と、女房と、子供が三人だ」

「お子さんたちもご一緒なんですね？」

「まだ小さいので疎開はさせていない」

槙野は真顔で、周囲のひとの耳を気にしたのか小声で言った。

「騙《だま》されたと思って聞いてください。三月九日は、ご家族で東京を離れてください。どこか手近な田舎へ」

「何があったんだ？」槙野は笑いながら言った。「九日に浅草に空襲があるとでも言うのか？」

このところ、本州でも神戸や大阪、名古屋といった大都市、それに航空機工場のある武蔵《むさし》野《の》市などが、次々にアメリカ軍の爆撃機によって空襲を受けている。こんどはいつだ、次はどこだろう、とはよく話題になる。

「そうです。詳しくは言えません。九日は、仕事を休んで、ご家族と一緒に田舎に逃げてください。田舎にご実家があれば、そこに」

「あいにくと」児島は待合室の壁にかかった暦を見ていった。「九日は宿直だ。十日の朝まで、身動きできない」

「逃げてください」

その目には強い光があった。児島は不気味なものを感じた。その目の光の強さは、ちょうどヒロポンなど覚醒剤を使用している最中の男の目のようにも見えたのだ。医師の立場でもっとはっきり言ってしまえば、薬物中毒患者の目だ。

その思いが自分の表情に出たのかもしれない。槙野の表情がすっと哀《かな》しげに変わった。自分が狂人と見られたと槙野は感じ取り、いたたまれなくなったのだろう。

槙野は視線をそらして言った。

「それだけです。お世話になりました。失礼します」

槙野は踵を返すと、病院の待合室を大股《おおまた》に歩いて出ていった。外は寒風が吹いており、ガラスドアの外に出た槙野の外套の裾が、ばたばたとあおられた。三月の六日、昼近くのことだった。

それから四日後、陸軍記念日の朝、未曽有《みぞう》の規模の空襲から一夜明けた病院は、運び込まれる無数の火傷患者で大混乱となった。九日深夜から、アメリカ軍の爆撃機の編隊は東京の下町に焼夷弾《しょういだん》の雨を降らせたのだ。広い範囲で下町が燃え、焼けた。朝の時点での推測では、被災者の数は、十万とも二十万とも言われている。児島は運ばれてくる被災者の救命処置に当たったが、救うことのできた命は、死者と比してあまりにも少なかった。児島の家族も、全員が行方知れずとなった。

その大空襲からほぼ二カ月たった五月の平日、病院に築地警察署の刑事が訪ねてきた。八年前の七月にもやってきた古川という刑事だった。

「スパイを追っているんです」と古川は言った。「あの下町大空襲の直前、ある男が、日にちを正確に予言して、下町が大空襲に遭うと言って回っていたらしい。つまり、爆撃の目標を敵さんに伝えていたスパイが、いたってことです。敵と無線か何かのやりとりをしていたんでしょう」

「それで」と児島は意地悪く訊いた。「わたしが何か?」

「いえ。その男は、日米戦が始まる前まで、浅草で楽士をやっていたんです。槙野淳という名前だった。先生、覚えてらっしゃいますね」

「記憶喪失の患者は、そう名乗っていた。古川さんも、槙野には会っていますね」

「名前だけは思い出した記憶喪失患者ってことで、気にはなっていました。ピアノを弾きましたね」

「わたしたちの前で、ピアノを披露した」

「あの男が退院したあと、会っていますか?」

「浅草のダンスホールで働いていたころに一、二度」

三月に病院に訪ねてきたことは言わなかった。たしかに彼はあのとき、空襲の日にちを正確に予言し、浅草からの避難を児島に強く勧めたのだ。どうして敵の空襲をそのように細かく言い当てることができたのか、軍や警察関係者であれば、それはその男がスパイだからと言いたくなるのかもしれない。でも児島にしてみれば、敵が目標の都市を移動させつつ、爆撃の規模を段階的に拡大しているということでしかない。日本に制空権がもうない以上、次の空襲の日にちや地域は、スパイでなくても、かなりの精度で言い当てることができる。槙野の予言と思える言葉は、論理的帰結に過ぎないとも言えるのだ。今月中に、次は東京の山の手が爆撃されるだろう。

古川は病院待合室の中を見渡した。

「ここもたいへんなことになってますな」

「戦争ももう終わりですね」

あの大空襲で下町の大病院もすべて焼けたから、この病院はもう外地の野戦病院の趣《おもむき》なのだ。病室だけでは足りず、廊下にも講堂にも談話室にも、そして待合室にも寝台を並べている。

古川は、児島の言葉が単純な相槌《あいづち》ではなかったと気づいたようだ。

「そういうことは」と咎《とが》めるように言う。「先生みたいな責任ある立場のひとが……」

児島は言った。

「あと五十人、空襲の被災者が運び込まれたら、ここはもう病院として機能しません。ただの検死機関になる」

こんどは古川は、児島の言葉が聞こえなかったように言った。

「もし槙野がまた来たら、築地署のわたしまで連絡をください」

「ええ」

じっさいに児島が次に槙野に会うのは、それから十九年もたってからのことになる。

あとひと月ほどで、東京オリンピックが開催されるという時期だった。

児島の勤める病院では、この年の初めから、大規模災害に備えた救急医療態勢を整え、繰り返し訓練を行ってきた。東京オリンピックに合わせて東海道新幹線も開通したし、高速道路の建設など東京の都市構造も大きく変わった。交通事故ひとつとっても、これまでのような救急医療態勢では対処できないことが起こりうると予測できたせいだ。病院は都内のほかの大病院に先駆けて、救急医療態勢を充実させたのだ。大規模な食中毒やガス爆発、あるいは多人数を巻き込んだ化学的な災害などにも備えたものだった。

この日は、訓練の総仕上げの日だった。児島はすでに現役を引退していたが、病院の理事のひとりとして、病院運営には深く関わっていた。昭和二十年の下町大空襲の際、被災者の受け入れと救急医療の現場指揮を執《と》った経験から、この態勢の強化充実を強く主張してきたひとりである。この日も、白衣こそ着ないものの、訓練の一部始終を観察し、後日評価をつけることになっていた。東京消防庁と警視庁も、この訓練には協力してくれている。

午前十一時に、銀座《ぎんざ》の商業ビルで火災が発生、負傷者が多数、という設定で、病院内にアナウンスがあった。関係者たちがあわただしく動き始めた。

その救急車が到着したのは、アナウンスから二分後だった。病院の関係者は、最初その救急車を訓練で来たものと勘違いした。運ばれてきたのは、患者役の医学生だろうと。

しかし救急隊員たちは、ストレッチャーを押しながら、訓練じゃありません、と大声で何度も言った。有楽町《ゆうらくちょう》でトラックがひとをはねる事故があり、その被害者を運んできたのだと。

児島はその場にいて、この偶然の救急搬送患者への対応を見守ることにした。関係者も偶然の事故の発生で、いっそう気分を引き締めることだろう。

運ばれてきたのは、禿頭《とくとう》で、かなり高齢の男性だった。トラックにはねられたので、全身打撲、大腿骨《だいたい》、骨盤の骨折も疑われた。児島はその患者が救急出入り口から治療室へと運ばれてゆくまで、ストレッチャーの後ろについていた。控室や各科の診察室から、次々と医師が集まってきた。

救急隊員のひとりが言っている。

「身元はわかっていません。所持品はリュックサック。中身を確認しましたが、身分証明書などはありません」

救急治療室で、男はストレッチャーから処置台に移された。意識はない。治療が始まった。

看護助手が、部屋の隅のテーブルの上に、リュックサックの中身を広げた。何枚もの着替えが入っている。野宿を続けていたと想像できる持ち物だった。中にひとつ、細身の算盤《そろばん》を入れるような布の袋があった。

助手が中身を取り出して、意外そうな声を出した。

「計算尺です」

その言葉で、瞬時に児島は思い出した。あの逆行性健忘症と見えた男性患者のこと。自分に、三月九日は田舎に行けと強く勧めてくれた男。自分が紹介したダンスホールで、一時はピアノを弾いていた男。築地警察署が、スパイの疑いをかけていた、正体不明の男のこと。児島は思わずテーブルに駆け寄って、その計算尺を手にした。竹製のヘンミの計算尺だ。かなり使い込まれている。

児島は処置台に赴くと、医師や看護婦の後ろから男の右側の耳の下を確かめた。黒子が三つ並んでいる。

間違いない。槙野淳と名乗っていた、あの男だ。

ただし、顔にはあのころの面影はほとんどない。痩せているし、老《ふ》け込んでいる。皺が深く刻まれ、肌は荒れていた。児島よりもずっと年齢が上の男のように見える。顔色からは、槙野は肝臓に機能障害を抱えているのではないかとも推測できた。

男が言っていた言葉のいくつかがふいによみがえってきた。

何より印象的だったのは、あの最初の質問だ。

「いま、いつです?」

七月二十一日と答えてから、冗談のつもりで、昭和十二年と自分はつけ加えたのだった。そのときの槙野は、いきなり棍棒《こんぼう》で背中を殴られたように激しい衝撃を見せた。まるで、自分が世界の終わりの年に飛んでしまったのだと知ったかのような……。

病院内にまたアナウンスがあった。訓練として、救急車が五台、病院に向かっている。運ばれる患者は、まだまだ増える模様であると。

治療台を囲む医師たちの言葉が、切迫したものになってきた。児島は、その患者たちの受け入れ具合も見なければならなかった。

児島は、助手のひとりに頼んだ。

「応急処置が終わって、意識が回復したら、呼んでくれ」

若い助手の男は、理由を訊くこともなく、はい、と返事した。

児島は男の横顔を見つめ、テーブルの上の計算尺にも目をやってから、病室を離れた。

男が意識を回復したのは、相部屋の病室に移されてかなりたってからのことだった。

児島を呼びにきた看護婦が言った。

「かなり危険です。まだ血液検査の結果は出ていませんが、多臓器不全が進行しているようです」

「わかった」児島は言った。「ちょっと話をさせてくれ」

「お知り合いなのですか？」

「たぶん。ずいぶん前、わたしが現役だったころに運ばれてきた」

病室に入り、児島が寝台の脇で椅子に腰を掛けると、男はかすかに目を開けた。

「槙野さんかな」と児島は訊いた。「前にもあんたを診たことがある」

男は首を少しだけ回してきた。目の焦点が合った。

「児島先生？」と男がかすれた声で言った。やはり槙野だ。覚えていてくれたのだ。

「無理して声を出さなくていい。お礼を言いたかった。あの空襲を事前に教えてくれて」

槙野が吐息をもらした。その頬《ほお》が少しゆるんだ。

じっさいには、と児島は深い後悔で思い起こした。自分は槙野の言葉を信じず、家族を避難させなかった。宿直だったので自分だけが助かったが、母親と妻と三人の子供たちは、遺体さえ見つからないままだ。おそらくは猛火に包まれて燃え尽きたのだろう。あのとき、自分が槙野の言葉を信じていれば、家族は空襲の中で焼け死ぬことはなかった。自分もその後こんなふうに孤独に生きることはなかったのだ。いまごろは何人もの孫に囲まれていたことだろう。なのに……。

児島は続けた。

「あんたの言葉をずっと反芻《はんすう》して、その意味を考えてきた。最近ようやく、こういう解釈ができる、と思うようになったのさ」

槙野は児島を見つめたままだ。何を言い出すか、注視している。

「あんたの記憶喪失は、かなりの部分、嘘だと思っている。ただ、あんたは真実も話した。どこが真実だったか、いまならわかるように思うんだ」

槙野の吐息が少し荒くなった。しかし、この話題を嫌がってはいないようだ。嘘をついた、と言われたのに、目には反発の色も表れない。

「あんたは、あの日が何年のいつかも知らなかった。自分がいるべき時代、時刻は、べつのところにあると知っていたんだ」

いったん言葉を切ってから、児島は同じ調子で続けた。

「そして、あの大空襲があることを知っていた。東京の下町が燃えることを知って、浅草に住むわたしに避難を強くうながした。あんたはそういう戦争の成り行きを、もっと言えば歴史を、すでに知っていたんだ。違うかね？」

槙野は児島を見つめたままだ。否定しない。首も振らず、違うとも声にしない。

児島はかまわずに続けた。

「あんたは、自分は旅行中だと言った。計算尺があれば、自分がなぜここにいるのか、わかるかもしれないとも言った。つまりあんたは、旅行中に事故に遭って、あの年あの夜の東京に落ちてきたんだ、ということだろう？　たぶん同行者もいたんだ。どんな旅行か、あんたは言わなかったが、それはたぶん時間を遡《さかのぼ》る旅行だったたんだ」

槙野はやはり否定しない。それどころか、少し微笑したようにも見えた。わかったのですね、とその目は言っているようでもあった。

「おかしいだろう」と児島は苦笑しながら言った。「こんな突拍子もないことを思うようになったのは、人類が宇宙を飛ぶようになったせいかもしれない。この数年のあいだに、人類が何人も宇宙空間を飛んだ。そんなこともあって、わたしはあんたを、同じような機械で飛んでいるあいだに事故に遭ったのだと思うようになったんだ。あんたはたぶん、救出を待った。いつ、どこに救出が来るかを、計算しようとした。でも、救出隊とは遭遇できないまま、きょうまでの年月が過ぎた。悪くない解釈だろう？」

こんどは槙野ははっきりと首を縦に振った。うなずいたのだ。

「こう解釈してみても、わからないことがひとつある。あんたの旅行の目的だ。時間を遡る旅行の目的は何だったんだろう？　いつがあんたの目的の日だったんだろう？　まさかただの過去の物見遊山《ものみゆさん》ってことはないだろう。あのときのあんたの鍛えられた身体、健康さ、そして受けたに違いない教育の程度を考えれば、あんたはたぶん選ばれた男だ。何か使命があったはずだ。そんな旅行ができるまでに科学を発達させた人類が、どうしても誰かにやらせなければならなかった使命を、あんたは背負っていたはずだ」

槙野は首をもとに戻した。横を向いていることがきつくなったのかもしれない。しかし児島の話を拒絶したようではなかった。彼は児島の話になお意識を向けている。

児島は言った。

「あんたが下町大空襲を事前に周囲に知らせて、たぶん何人かは被災を免《まぬが》れただろう。歴史を知っていたから、できたことだと思う。でも下町大空襲を事前に周囲の何人かに教えることが、あんたの使命だったわけじゃあるまい？　科学理論を飛び越えるような冒険旅行に出すときに、人類があんたに与えた使命としては、それはささやかすぎることのように思えるんだ。たった一度だけ、あの日の空襲から何人かを救うためだけに、あんたがその旅行に出たとは、思えないんだ」

槙野の目から、ふいに涙があふれてきた。口が開いた。何か激しい悔悟《かいご》か無念に、いたたまれなくなったような顔を見せた。

「ああ」と、槙野は苦しげに漏らした。地獄の底からの遠鳴りとも聞こえるような、深い絶望の嗚咽《おえつ》だった。

児島はやっと確信できた。彼にはやはり使命があったのだ。でも事故に遭った彼は、使命を完遂できなかった。事故が彼をあの日の東京に置き去りにして、それを不可能にした。どうあがいても無理という時代に彼は降り立ち、救出されることもなく、つまりやり直しの機会も与えられずに、彼は自分がすでに知っていた歴史を生きた。戦争と、焼け野原から始まった歴史を、きょうまで。おそらくは東京のどん底で。

児島は椅子から立ち上がり、寝台の上の槙野を真上から覗《のぞ》き込んだ。

槙野は、目を開いたままで動かなくなった。児島はあわてて槙野の首に手を当てた。

脈はもうなかった。

病室のドアが開いて、いましがたの看護婦が顔を出した。槙野の様子を見て、彼女は即座に悟ったようだ。

「先生？」

児島は医療用語であるドイツ語で槙野の死を伝えた。

看護婦が寝台の反対側へと向かって、槙野の左手首を取った。

児島は看護婦に、あとはまかせる、と目で合図して病室を出た。

廊下を歩き出すと、意外なまでに自分の脚が重く感じた。自分の脚は、これほど弱っていたのだったか？　考えれば、槙野を初めて診た日から、もう二十七年もたっているのだ。北京郊外で日中両軍が衝突し、とうとう全面戦争となった夏の日。あのとき自分は、四十歳になったばかりという年齢だった。あれから二十七年、かなりの時間が過ぎていたのだ。

児島はエレベーター・ホールへと向かった。この建物は、増築や改修を重ねながらも、病院の本館としてまだ残っている。あの夜自分がいた七階のテラスもそのままだ。

もちろん病院から隅田川までのあいだにはいまや高いビルが建ち並び、あの夜と同じ風景を見ることができるわけではない。東京の風景は、このオリンピックを機にずいぶん変わってしまったのだ。

でもあの日、遭難して落ちてきた男がついに死んだ日、彼とのことをもっと細かく追想し、彼をめぐる謎のあれこれを推理し妄想するのに、あのテラスよりふさわしい場所があるはずはない。あそこがいい。

地下廃駅

いまになって、ようやく確信を持って言えるようになったのだ。

彼は帰ってきていたのだと。

いや、その言い方は正確ではない。彼は何度も帰ってきたが、その度に向こうに戻っていったのだ。完全に帰還を果たしたのではない。ある時点でたぶん彼はもうこちらには帰らないと決めて、向こうに定住するようになった。しかし恨《うら》みと、いくらかの未練は、こちらに残していた。だから彼は何度かこちらへ越境しては、用事を済ませていったのだ。つまり、彼は帰ってきていたのではなく、何度か訪問していたのだ、と言ったほうがいい。

わたし自身は、あの後ついに向こうへは行ったことがない。というか、行き来する手立てが残っているのかどうかすら、確かめたことはなかった。ただ、彼がやってきた、越境してきた、と最初に気づいたときに、行き来の手立て、つまりあの地下壕《ごう》がまだ残っていたのだと知ったのだった。

いや、あの地下壕以外に、東京には、というか地上にはまだほかに、あちらと行き来できる穴なり道なり運河なりがあったのかもしれない。だとしても、それは見つけやすいものではなかったはずだ。そんなものがいつでも使える状態でいくつもあったなら、もっと多くの者がそれを使っただろうし、その存在がもっと知られていていい。行き来した者についての噂《うわさ》も広まっていていいのだ。

だけど聞いたことはない。

あちらと行き来できる通路の話は、ただの一度も。

でもわたしは、たしかにその通路、その地下壕を通ってあちらに行き、またこちらに帰ってきたのだ。わたしが十二歳、中学一年の夏のことで、行った先はその十五年前、昭和二十年の八月という世界だった。西暦で言うなら一九四五年で、日本が戦争に負けて連合国に降伏した直後という日にだ。

あのとき一緒に行った彼は、わたしと一緒には帰ってこなかった。彼は焼け野原の東京に取り残されて、そのあとに続く時代を、おそらくはわたしが想像できるよりもはるかに過酷で峻烈《しゅんれつ》な時代を、生き延びたのだ。

その朝、俊夫《としお》がわたしの顔を見るなり訊《き》いてきた。

「きょう、どこに行く?」

わたしと、彼、俊夫とは、中学一年になってから知り合ったのだった。同じ中学の同級生としてだ。席が隣り同士だったので、わたしたちはなんとなく一緒に遊ぶようになった。彼は学校にちびた鉛筆を二本しか持ってきておらず、どちらの芯も折ってしまったときに、わたしが鉛筆を貸した。そのことが仲良くなるきっかけだったと思う。

俊夫はわたしよりも少しだけ背が高く、頭は丸刈りだった。またわたしが早生まれだったせいもあるのだろうが、四月生まれの彼はずっと大人びていた。仲良くなった瞬間に、彼は兄の位置についたと思う。

当時わたしは上野公園《うえのこうえん》に近い上野桜木《さくらぎ》に住んでおり、俊夫は谷中《やなか》の国鉄日暮里《にっぽり》駅近くだった。桜木は空襲を受けていたが、谷中の大半は戦災を免《まぬが》れた。わたしのうちは、わたしが小学四年になるくらいからそこに家を借りて住んでいたが、俊夫は知り合ったその年の正月明けに、アパートに引っ越してきたのだと聞いていた。彼には母親がおらず、父親と弟の三人暮らしだった。新聞配達をしていた。

その日も朝から猛烈に暑く、わたしたちは少しでも涼しい場所にと、谷中墓地のいつもの場所にいた。緑の多い墓地の中でも、ひときわ大きくて目立つタブの大木の、その木陰だ。木陰の倒れた墓石に腰を下ろしていると、そこそこ涼しかった。

そのタブの大木があるのは徳川慶喜《とくがわよしのぶ》の墓の近くで、そこから百メートルも東に行けば、上野の台地はすとんと崖になって終わっていた。崖下には、何本もの国鉄の線路が並んで敷かれていた。線路の左手方向には日暮里駅がある。京成《けいせい》線の線路は高架で、国鉄の線路の向こう側にあり、右手に大きく回りこんで国鉄の線路をまたいでいる。京成線はその先で上野のお山の地下に潜って、京成上野駅へと向かうのだった。

その日、俊夫はアンダーシャツを着てトレパン、わたしはU首のシャツに灰色の長ズボンという格好《かっこう》だった。ふたりともズックの運動靴を履《は》いていた。

「きょう、どこに行く?」

それは、わたしが俊夫にしようと思っていた質問でもあった。

夏休みに入って、わたしと俊夫は、毎日一緒に遠くへ遊びに出かけた。もっともふたりとも自転車を持っていなかったので、歩いて行ける範囲でだ。わたしにとっては、小学生のころには許されなかった遠出が許されたので、その徒歩での遠出でも十分にわくわくする小冒険だった。わたしたちはその日までに、北は上田端《かみたばた》の八幡《はちまん》神社、西は本駒込《ほんこまごめ》の富士《ふじ》神社、南は神田明神《かんだみようじん》あたりまで出かけていた。

俊夫は新聞配達をしていたから、夕刊の配達が始まる午後の四時くらいには、家に帰っていなければならなかった。往復の時間を考えると、それがわたしたちの遠出の限界だった。

こうした遠出や小冒険のあいだ、俊夫はわたしが臆して踏みとどまってしまうようなことも平気でやってのけた。大木でセミが鳴いていれば登って捕まえたし、池に舟があれば乗ってしまった。走っている都電のすぐ前を横切るのはしょっちゅうだし、知らない町の路地の奥のポンプで水を飲むのはあたり前だった。もちろん大人に咎《とが》められたり、叱《しか》られたりしたことも一度や二度ではなかった。そんなとき、俊夫は大声で屈託なくすいませんと謝り、その場から全力で逃げ去るのだった。最初は横で見ているだけだったわたしも、少しずつ俊夫の真似《まね》ができるようになっていった。いまにして思えば俊夫のあれら一連の小さな悪さは、いわゆるいい子過ぎるわたしをからかっていたのだろうという気がする。わたしがびくついたり困惑したりする様子を見るのが、俊夫の楽しみだったのだ。

遠出すると言えば、わたしは母親からお昼代を渡してもらえたので、行った先や途中でコッペパンを買って俊夫と一緒に食べることができた。あの夏休み、彼が小遣いを持ってきたことは一度もなかった。昼飯はわたしがご馳走《ちそう》することになっていたけれど、わたしはそれを不公平には感じていなかった。わたしを遠くへ連れていってくれるのだ。それくらいは当然だった。

連日そんなふうに遠出をしたけれども、すぐ近くにある上野公園には行かなかった。まだ小学生のころ、わたしがひとりで上野公園に行ったときに、中学生ぐらいの不良たちに囲まれ、持っていた小遣いを巻き上げられたことがあったのだ。それ以来、上野公園はわたしには鬼門《きもん》だった。絶対行きたくなかった。それを俊夫に話したとき、彼も同意してくれた。

「あっちには、行かないほうがいいな」

そのとき俊夫が、平気だよ、と言わなかったことが、多少意外でもあった。彼なら、数人の不良ぐらい撃退してしまうほど、喧嘩《けんか》も強いのではないか、という気持ちがあったのだ。

上野の山を東に下った先の地区にも、わたしたちは行かなかった。どこまでほんとうのことかはわからないけれども、東のほうの子供は山の上の子供のことを毛嫌いしているという噂があった。うっかり行けば向こうの子供たちにいたぶられるか、よくて喝上《かつあ》げだという。

だからわたしはその歳《とし》まで、たぶんひとりではあの崖を下って東のほうに行ったことはなかった。一度だけ親に連れられて浅草《あさくさ》に行った記憶がある程度だ。中学生になっても、行きたくはなかったのだ。俊夫も、危ない、と言い切っていた。

だから八月も半ばを過ぎたその朝、いつものように谷中墓地のタブの大木の下に行ったときは、そろそろ遠出する場所も思い当たらなくなっていた。このあと目新しい場所といったら、これまで遠出した端っこのもう少し先か、上野公園や東のほうということになる。しかし、いま書いたように、上野公園も東も論外だった。

わたしが返事に困っていると、俊夫は周囲の墓石や軟石を積んだ納骨堂を見渡してから、質問を変えた。

「そういえばさ、このあたり、防空壕《ぼうくうごう》がたくさんあったんだって?」

わたしは答えた。

「上野の山全体で、百とか二百とか、もっとあったかもしれないって、叔父《おじ》さんが言ってた」

「そんなに?」

「そうだよ。動物園のほうの崖下にも、いくつもあったってさ」

「京成線のトンネルも、防空壕みたいになってたんだろ?」

「ああ」わたしは、近所の大人から聞いた話を思い起こしながら答えた。「戦争の終わりころには、トンネルの中に、運輸省が特別列車を避難させてたって。空襲で地上の建物が全部焼けた場合、そこを鉄道の指令室みたいにするために」

「ほんとに？　京成線を止めてってことか？」

「そのころは、京成線はトンネルの中では単線で使ってたんだ」

「指令室みたいな列車って、どんなんだろう」

「蒸気機関車が牽《ひ》いて、電話の交換台とか、事務車両とか食堂車とか。寝台車なんかもあったんじゃないか」

「すごい」けっしておおげさにではなく感嘆してから、俊夫は言った。「そういえば、前はトンネルの中に寛永寺坂《かんえいじさか》駅って駅もあったんだって？」

「あったんだよ」わたしは少し得意になったかもしれない。「博物館動物園《はくぶつかんどうぶつえん》駅と、日暮里駅とのあいだに。運輸省の指令列車が停《と》まっていたのも、寛永寺坂駅のはずだよ」

「いまは、埋めてしまったのかな」

「いや。駅は廃止されて、入り口なんかはふさいじゃったけど、駅舎だった建物は倉庫会社が使ってる。プラットホームなんか残ってる。通るとき、うっすら見えるよ」

「京成線は、日暮里からしか乗ったことないや。どんなになってるんだろ」

「地下都市みたいなのかな。戦争中、プラットホームの上には、機械部品の工場もあったんだ。ずいぶん大きかったのかもしれない」

俊夫はわたしが口にする情報に、興味をかきたてられたようだった。

「寛永寺坂駅、行ってみたいな。行けないかな」

俊夫がそう言うまで、わたしはそこに行くことを考えたことがなかった。でも、行く気があるなら、行けないわけじゃない。

「ほんとに行ってみたい？」

「だって、地下都市みたいなんだろ？」

「そうじゃないかと思う」

「運輸省の指令列車が停まってる？」

「それは戦争中の話さ」

「それでも、廃止された駅なんて、面白そうだぞ」

「プラットホームの横を、ゴォーッて電車が通ってるんだよ」

「だけど停まらないんだろ。見捨てられて、置いてけぼりにされてる駅だ。行ってみたくないか」

「どうしてもって言うなら、京成線がトンネルに入る手前で、金網乗り越えて線路に降りていけば行けるよ」

「電車が動いてるところだと、見つかったらとっちめられるだろう。そんな行き方じゃなくて、もっと面白い方法ないのかな」

「どんな？」

「さっきお前が言ってた、防空壕から行くとか」

それを言われてまた思い出した。

「聞いたことがある。この近くの、戦争中に掘られた防空壕が、昔の寛永寺坂駅につながっていたんだって」

「それ、場所はどこだ？」

「うちの近くさ。お寺と墓地があって、その横の、昔、井戸があったそば。いまは入り口は板でふさいであるけど、中は埋められてはいないって」

「ふさいでるんなら、入れないだろ」

「ううん、ちょっと無理すれば、その板は開くって。近所の爺《じい》さんが言ってた。きちんとふさがないと事故が起きるって。だから、いまは入れるはずだよ」

俊夫は愉快そうな顔になった。

「探検してみるか。まずその防空壕入り口に行こう」

わたしは、話に聞いていた、かつての井戸の跡のある場所へと俊夫を案内した。その防空壕の入り口は納骨堂みたいだと聞いていたし、板でふさがれているとも知っていたので、築《つい》地塀《じべい》をめぐらしたお寺の脇、付属の墓地の外で、すぐに見つけることができた。ヒマラヤ杉が生えて、藪《やぶ》に囲まれた細長い空き地の奥に、こんもりとした盛り土があったのだ。高さはひとの背よりも低いぐらいで、横幅も同じくらいだ。

盛り土の裏手に回った。路地からは目に見えない位置に入り口があった。地面が少し掘れていて、そこが入り口だった。

板の扉があって、白い塗料で書かれていた。

「危険　立入厳禁」

板の扉は、一見すると南京錠《なんきんじょう》で厳重に施錠されているように見えた。でも、南京錠がついている羽子板《はごいた》のような金具は、板から浮いていた。たぶん釘《くぎ》が錆《さ》びて折れてしまっていたのだろう。俊夫が手をかけて揺らすと、板の扉は手前に少し動いた。でも、扉の下の部分に左右から土が崩れてきていて、完全には開かない。土をよける必要があった。

俊夫が、隙間《すきま》から中を覗《のぞ》いて言った。

「お前のうちに、懐中電灯とか、ないか」

「あるよ」

あの時代、停電したり、ヒューズが切れることがよくあった。懐中電灯は常備品だった。

「おれは、スコップ探してくる。お前、水筒もあれば持ってこい。あとで、もう一度ここだ」

わたしたちはいったん別れた。

わたしはうちに帰ると、懐中電灯を探し、水筒に水を詰めた。

防空壕の入り口まで戻ってみると、俊夫は剣先《けんさき》スコップで入り口の外の土を取り除いているところだった。そのスコップはたぶん、墓地を手入れしている店あたりから借りたものなのだろう。

「開《あ》くぞ」と俊夫が言って、板戸を揺らした。

子供なら抜けられそうな隙間ができた。

わたしたちは周囲に目をやった。近所のひとに、入るところを見つかったら、止められるに決まっている。

俊夫がわたしから懐中電灯を受け取り、代わりにわたしにスコップを渡した。

「おれが先に入る」と、俊夫は言ってくれた。

じっさいに中に入れるようになったところで、わたしは少し怖くなってきていたのだ。俊夫がもし、お前が先に行けと指示してきたなら、わたしはたぶん、止《や》めようと中止を言い出していたことだろう。

俊夫が扉の隙間から防空壕の中に身体《からだ》を入れた。わたしが続いた。

まだ昼には少し間のある時刻、午前十一時あたりという時刻だったろう。防空壕に入ったとき、わたしは当然その日のうちにふたり一緒に出てくるつもりでいた。少なくとも、俊夫が新聞配達に間に合うよう、午後の四時までには。

いや、そんなに長い時間いることなど、予想も期待もしていなかった。防空壕の先にあるという寛永寺坂駅のどこかに出ることができたら、さほど長くはそこにはとどまらず、適当に様子を見て戻ってくるつもりだったのだ。一本か二本、京成線の電車の通過を間近に見ることは、間違いなく想定していたけれど。

扉をきっちり閉じなかったので、後ろから光が差し込んでいた。目が慣れると、少し奥まで見通せるようになった。防空壕は左右の壁も天井も板張りで、細かな砕石《さいせき》を敷いた床には、ほうぼうに土が落ちていた。数歩歩くと、床は階段になった。真夏だったけれど、冷気が下のほうから上がってきた。

「電気、ないんだよな」と俊夫が階段の下に懐中電灯を向けてゆっくり歩いた。「奥はどのくらいあるんだ？」

「さあ」とわたしは答えた。「でも、近所のひとが全部入れるくらいの防空壕だったみたいだ」

「けっこうでかいのか」

やがて入り口からの光もまったく届かなくなったところで、階段は終わった。たぶん一階分の高さ以上、下ったと思う。足もとは平坦になった。

懐中電灯の明かりで、そこは奥に細長い空間だとわかった。中学校の廊下くらいの幅はある。高さは、大人の背丈くらいだろう。両脇に、端材《はざい》を使ったような木のベンチが並んでいた。墓地で使うような木の手桶《ておけ》もいくつか転がっている。奥行きがどのくらいなのかは、よくわからなかった。

黴《かび》が生えている場所のような匂いがした。そのころ覚えたての言葉で言えば、有機物が分解していくときに出るような匂いだ。腐っているような悪臭ではないけれど、心地よいものでもなかった。

俊夫がわたしに懐中電灯を渡してきた。受け取ると、彼はズボンのポケットから、太い蠟《ろう》燭《そく》とマッチを取り出した。

「墓地の中からもらってきた」と俊夫は蠟燭を示して言った。ちょうどお盆の時期だったから、蠟燭を手に入れるのは容易だった。マッチは、自分のうちから持ってきたのだろう。彼はマッチで蠟燭に火をつけた。

蠟燭の灯《ひ》が加わっただけでも、防空壕の中はずいぶん明るくなったように感じた。真正面の壁まで、十か十五メートルくらいはありそうだった。

「ここってさ」俊夫が蠟燭を持つ手をゆっくりと水平に動かしながら言った。「ひとが住んだりしたことはないのか」

「ないと思うよ。防空壕だから」

「上野駅の地下道だって、地下道だけどたくさんひとが寝起きしてたろう」

「それって、戦争が終わったばっかりのころの話じゃないの」

「ここだって、同じことかなと思って」

「聞いたことないな」

俊夫は、そろそろと慎重に奥へと進んで行った。

「こっちの方向が、京成線でいいのか？」

わたしは俊夫のすぐ後ろで答えた。

「ちょうどこのあたりでカーブしてるんだ」

「駅は？」

「プラットホームが両側にあって、駅の入り口は線路の向こうのほうにあったんだって」

地上の駅舎は、入り口を入ってすぐのところに切符売り場、改札を抜けて左に曲がり、最初の階段を下りると、通路があったらしい。反対側のプラットホームに通じている。そこからまた階段を下りて行くと、下り線のプラットホームに出たという。指令列車が引き込まれるまでは。

それを言うと、俊夫は地面を懐中電灯で照らしながら言った。

「この防空壕が駅につながってるって、ほんとうなのか？」

俊夫がわたしの言葉を疑い始めたと感じたので、わたしはむきになって言った。

「そう聞いたよ。空襲で直撃されたとき、トンネルのほうにも逃げられるようにって、つなげたんだって」

「トンネルも駅の地下も、壁はコンクリートだと思うんだよな。そこに穴を開けたってことか？」

「どんなふうにしてかは知らないけど、どこかに入り口を作ったんだと思う」

俊夫は奥へ向かって行こうとする。わたしは彼のズボンに手をかけた。

「おれ、もういいよ。飽きたよ」

ほんとうは、恐怖が限界に達しようとしていたのだ。暗くて狭い空間。しかもそこは墓地の隣り。もうじき自分は悲鳴を上げ、心臓を破裂させるのではないかとさえ感じていた。

俊夫が、わたしを挑発するように言った。

「駅に出てみたくないのか」

「もういいよ」とわたしは言った。自分でも声が震えたのがわかった。「出られるってわかったから」

「わかってないよ。怖いのか？」

「いいや」

俊夫が歩き出したので、わたしは彼のズボンをつかんだまま従うしかなかった。

奥の壁の前に着くと、俊夫は右手に持ったスコップの先を板壁にコツコツと打ちつけた。

わたしは俊夫のズボンから手を離し、土の床を見ていった。左手の隅にベンチが三つ重ねられていたが、その裏の壁は、板の張り方が違っていた。穴をふさいでいるように見える。

「ここか?」と俊夫も気がついて床に蠟燭を置き、ベンチを横に除《よ》け始めた。

わたしも手伝った。板壁の板を一枚はがしてみると、そこはやはり穴だった。というか、通路だ。腰を屈《かが》めれば、奥に入って行ける。奥のほうから、ゴトリゴトリと、かすかに振動音が聞こえる。電車の通過する音のようだった。すぐ近くに、プラットホームがあるのだ。

俊夫がうれしそうにわたしを見て言った。

「ほんとだ。向こう側は、トンネルだぞ」

俊夫は穴の脇に蠟燭を置くと、懐中電灯を持って奥へと入っていった。わたしも火のついた蠟燭を持って、続いた。

一間《いっけん》ほど進むと、また穴があった。コンクリートの壁に丸く開けたもののようだ。そこを抜けると、狭苦しい空間に出た。板張りの小さな部屋だ。学校の便所の掃除道具入れほどの。

俊夫が、しゃがみ込んだまま、奥の板をスコップでごつごつと叩《たた》いた。

板と板とのあいだには隙間があって、風が吹き込んできている。その穴から、また列車の通過する音が聞こえてきた。俊夫は小部屋の壁の下のほうの板を完全にはぎ取ってしまった。扉があった。向こうに開く。俊夫はスコップでその扉を押し広げた。広い空間があるとわかった。

俊夫が腹這《はらば》いになって、その穴から首を出した。

「ここ、階段の途中だ」

「明るいのかい？」

「下のほうに、プラットホームがあるみたいだ」

俊夫はいったん手前に戻ってきて身体の向きを変え、足から奥の空間へ出ていった。外に降り立った俊夫の胸から上だけが見えた。穴は向こう側ではその高さにあるということだった。俊夫は向こう側にスコップを引っ張った。

わたしも、同じように向こうに出た。階段の途中の、壁に開けられた穴から出たのだとわかった。両開きの扉のついた、物入れ棚のような穴だ。

俊夫は、階段の数段下に立って下を見ている。左手方向から、外の光がぼんやりと入ってきている。トンネルの入り口があるのだ。わたしは蠟燭の火を消した。

俊夫は階段を下りてから言った。

「列車が停まってるぞ」

「ひとは？」

「いない。早く下りてこいよ」

下りきって右に曲がると、そこは湾曲するプラットホームだった。間違いない。ここが、戦争の末期に廃止されたという寛永寺坂駅だ。照明はついておらず、ひとの姿もなかった。ホームには列車が停まっている。

俊夫が、顎《あご》で左右を示しながら言った。

「これ、国鉄の汽車だ。先頭は、蒸気機関車だ」

「まさか」

わたしはまばたきして、停まっている列車を見た。たしかに、わたしが知っている京成電車ではなかった。京成線の高性能車は朱色とクリーム、旧式の車両は暗い緑色と覚えていた。でも目の前にある車両は、焦げ茶色だ。国鉄の長距離列車の客車のようだった。中は暗くてよく見えなかった。

左右を見渡すと、同じ客車がつながっているわけではなかった。目の前の車両の左にあるのは、大型の何かの機械を載せた貨物車で、その後ろは車掌車のようだ。

わたしは右手に歩き出した。中は見えない。種類の違う客車が連結されている。窓には黒いカーテンが引かれているようだ。つぎの車両も、見慣れない形だった。プラットホームの端にあるのは、たしかに蒸気機関車だった。

俊夫が後ろから言った。

「これ、お前の言っていた指令列車ってやつじゃないのか？」

わたしは訳がわからずに言った。

「だから、それって戦争が終わるころの話だよ。とっくになくなっている」

「じゃあ、これ、何だよ？」

「わからないよ」

車両の連結部の隙間から、プラットホームの反対側が見えた。何か機械のようなものが並んでいる。小さな鉄工場にあるような機械だ。もしかして、これが部品工場なのだろうか。

俊夫が言った。

「後ろも見てみよう。大声出すな」

わたしたちは、プラットホームのトンネル入り口側まで歩いてみた。線路はトンネルの途中からゆるい上り勾配になっており、線路の先には青空が見えた。ただ、線路の両側の石垣が雑然と汚れている感じがあった。雑草は伸び放題だし、石垣の上の板塀も傷《いた》んでいる。

板塀？

金網の柵が見当たらなかった。

わたしたちはまたプラットホームを戻り、自分たちが下りてきた階段へと曲がった。階段を上っていくと、途中十段目あたりの横の壁に、わたしたちが出てきた物入れ棚がある。

そのまま上ると、反対側のプラットホームからの通路に合流した。右手に曲がると、また階段があった。階段を上ると、改札口に出た。腰ほどの高さの仕切り壁と、改札係の立つボックスがふたつ。

改札口を通り抜けて右に曲がると、駅舎の入り口だった。扉でふさがれている。切符売り場の窓口にも板が張られていた。

「ここって、駅舎の中だろう？」と俊夫が言った。

わたしは言った。

「いま駅舎は、倉庫会社が使っているんだよ。だけど、倉庫のようじゃないね」

「こっちの事務室も使っていないぞ」

俊夫は駅事務室に入るドアをスコップでこじ開けて、中に入った。わたしも続いた。やはり使われている様子はなかった。整然と片づいていて、窓には内側から板が打ちつけられていた。

俊夫は事務室の中の様子をあらためてから、裏手の便所のほうに通用口があるのを見つけた。開き戸にはやはり板が打ちつけられていたが、あまり厳重でもなかった。俊夫が難なく板をはがして、わたしたちは外に出ることができた。

駅舎裏手の、砂利を敷いた小さな空き地だった。

わたしたちは数歩外に出たところで、言葉もなく立ち尽くした。

廃止になった寛永寺坂駅の外のはずなのに、つまりわたしもよく知っている上野桜木の町の中のはずなのに、そこに広がっているのは、見たことのない風景だった。

駅舎の周囲には民家があるが、その背後、谷中墓地や根岸《ねぎし》方向には、ほとんど建物がないのだ。住宅が密集していたはずの土地が遠くまで、黒っぽく汚れた何かの残骸のようなものに覆《おお》われている。残骸が何か、すぐに気づいた。木材や畳や家具類が燃えて崩れたものだ。その残骸の堆積《たいせき》の中に、かろうじていくつか土蔵が焼け残っている。ところどころに、燃えた木の幹と太い枝だけが針金細工のような形で立っていた。木材の焼けた匂い、焦げた匂いが漂っている。

少し落ち着いてくると、その瓦礫《がれき》の野原の中に、ぽつりぽつりと小さな小屋ができている。ひとがいるのが見えた。残骸のあいだや隙間に、廃材で建てた小さな小屋ができている。ひとがひとりふたり並んで横になればかろうじて雨露は防げるかもしれないという程度の、粗末な小屋。脇から、小さく煙が立ち昇っている小屋もある。火を焚《た》いて、料理でもしているのだろうか。

頭の上には、真夏の太陽があった。わたしたちを上から灼《や》いている。

俊夫がわたしを見つめてきた。説明してくれ、教えてくれ、と言っている。これは何だ、と。わたしにも答えようがない。

わたしは周囲を見渡しながら、声をひそめて言った。

「べつのとこに出てしまったんだろうか。桜木じゃなく」

「どこだよ、これ」と俊夫。「防空壕から寛永寺坂駅に出て、上がってきただけだ」

「戦争のときって、こんなふうだったって聞いたことがある。下町や上野のほうが燃えて、山の上は、谷中は大丈夫だったけど、桜木や、初音町《はつねちょう》は空襲に遭《あ》ったって」

「戦争のときに、このあたりに爆弾が落ちたのは知ってる。だけど、どうしていま、こんななんだ？」

「知らなかったけど、最近火事があったんだろうか？」

「これだけの火事で、知らないはずないよ。絶対に聞いてるはずだ。だけどなんにもなかった」

「防空壕って、意外に長く掘られていたのか？　暗くて感覚なくして、ずいぶん長い距離を潜ってきたってことかな」

「それにしても、国鉄の線路を越えてきたってことはないはずだし」

わたしたちは、おそるおそる駅舎裏手から小路《こうじ》のほうに出た。墓地と言問通《こととい どお》りとを結んでいる道だ。さっき通ったばかりだ。その小路沿いの家々は燃えてはいなかった。

小路を、お坊さんと和服を着た年配の女性が通っていった。わたしたちを、奇妙な目で見つめていく。防空壕を抜けてくるとき、泥で汚れてしまったかなとわたしは思った。

駅舎の正面に出た。目の前の言問通りに自動車の往来はなかった。見渡すと、寛永寺陸橋側もやはり大火があったとわかった。大火の跡は、国鉄の線路を越えて、その向こうまでずっと広がっているようだった。もしかすると隅田川まで。いや、隅田川の向こうも。

これって、もしや。

わたしは自分がとんでもない場所に来てしまったのではないかと疑い始めていた。ここは戦争中の、あるいは終戦直後の、上野桜木なのではないだろうか。つまり、昭和二十年の夏だ。

でもどうして？　昭和二十年って、いまから十五年前だ。どうしてそんなところに行ける？　昔に、過去に、って、ひとは行けるものなのか？

　わたしは振り返って駅舎を見た。

　その建物は倉庫会社が使っていたから、倉庫入り口に当たるかつての駅舎入り口上の壁には、その倉庫会社の名が記されているはずだった。でも、そこにあるのは「寛永寺坂駅　京成電鉄」という文字だった。

　倉庫会社の建物の様子も、わたしが知っているものとは少し違う。全体の形とか、窓の位置は同じようだけれど。

　駅舎入り口をふさいである板の上には、さらに俎《まないた》ほどの大きさの板が打ちつけてあって、その上に「一時閉鎖」の文字。

　俊夫が、こんなことは認めたくないという調子で言った。

「ここ、寛永寺坂駅で、間違いないのか」

　わたしは言った。

「だから、寛永寺坂駅って、とっくの昔になくなっているんだって」

「だって、寛永寺坂って書いてあるじゃないか」

「ないこと、俊夫も知ってるだろ」わたしは、周囲に指を向けながら言った。「あるものも、ないよ。この交差点って、こんな風景じゃないもの。防空壕に潜っているうちに、べつのところまで出てきてしまったんだ」

「そんなはずあるかよ」俊夫が振り返って歩き出した。「防空壕、どうなってるかな」

その角から小路を少し戻るとお寺があり、防空壕の入り口はそこの手前、築地塀の外の空き地にあるのだ。

お寺は焼け残っていた。わたしたちは築地塀に沿って小路から折れた。ヒマラヤ杉の奥に、防空壕の入り口があった。周囲に密生していたはずの灌木《かんぼく》はなく、雑草も刈られていた。入ったときと違い、小路からもその盛り土は目立つ。一瞬だけ、ほんとうにこれかと疑ったけれど、扉の作りは同じだった。十五年前、防空壕が作られた当時は、こんなものだったろう。入り口の扉には、防空壕という文字と町会の名が書かれていた。扉は施錠されていない。

わたしはいよいよ当惑した。いま目の前にある防空壕は、ほんの二、三十分前にわたしたちが入っていった時点から十五年前のものということなのか？　なぜか自分たちは、べつの地下入り口からその十五年前に出てきてしまったようだけれども。

わたしは言った。

「ここに入っていけば、戻れるんじゃないかな」

自信ありげな声にはならなかったはずだ。

「戻れるって？」と俊夫が訊いた。「どこに？」

「入ってきたところに」

「駄目だ。さっきの駅の穴から戻らなきゃ。迷ったときは、同じ道を引き返すのが一番なんだ」

俊夫は正しい、とわたしは同意できた。それは間違いだと、目の前にある防空壕に入って行って自分で確かめてみようという気にはならなかった。

そのとき、後ろのほうから声がかかった。

「何やってるの？」

中年の男の声だった。振り返ると、小路に細身の男が立っていた。汚れたアンダーシャツを着て、頭に手拭《てぬぐ》いを巻いている。それにゴムの長靴。

「近所の子じゃないね」と男は言った。

「近くです」とわたしは言った。「言問通りの向こう側ですけど」

「見たことない。名前は」

わたしが名乗ると、男は言った。

「知らないよ。泥棒やってるんじゃないの？」

「違います」

「そのスコップ、何だ」と、男が俊夫の持つ剣先スコップに目を向けて言った。

「なんでもないです」と俊夫は首を振って言った。

「どこかから盗んできたんじゃないの？」

「違います。ぼくんちのです」

男は不審そうな目をわたしたちに向けたままだったけれど、それ以上何も訊いてはこなかった。

わたしたちはそろそろと歩きだし、男を避けるようにして小路に出た。

できるだけ大股に、でも駆けだしたりせずに、わたしたちは言問通りまで出た。俊夫は足を止めずに、通りを左手に曲がって、そのまま歩いていく。

「どこに行く？」とわたしは訊いた。

「ほんとに迷ったのかどうか、見てみる？」

「どうするの？」

「これが言問通りだとしたら、この先は寛永寺陸橋だよな」

「陸橋に行けばわかるかい？」

「遠くまで見渡せる」

たしかに橋の上からならば、正面方向だけじゃなく、左右の線路の延びる先まで見通すことができる。ただ、そこに、ここがどこなのか示すものがあるかどうかはわからないけれど。

陸橋に近づくに連れて人家は消え、左右は焼け野原となっていった。右手方向には、寛永寺本堂が見える。そこまで見通せるぐらいに、手前の建物がきれいになくなっているということだ。

焼け残った木材やゴミを片づけているひとたちが見えた。大人たちにまじって、子供の姿もあった。学帽をかぶった中学生ぐらいの男の子も何人か。ほとんどが灰色のアンダーシャツ姿だ。

行く手から、列車の走る音が聞こえてきた。国鉄の線路を、列車が通過していくところのようだ。蒸気機関車の煙の匂いがして、すぐに消えていった。

陸橋に近づいていくと、目の前に根岸の町が見えてきた。線路寄りには多少建物が残っているけれども、その先が焼け野原となっているのだ。上野桜木以上に広々と、どこまでも見渡せる。わたしたちは陸橋を渡りかけたところで足を止めた。小学校のとき社会の時間に見せてもらった東京下町大空襲の写真とそっくりの風景が、眼前に広がっていた。

俊夫がかなり衝撃を受けたという様子で言った。

「やばいな。ほんとに、知らないあいだに大火事が起こっていたのかもしれない」

わたしは言った。

「これって、東京空襲の後なんじゃないか。写真のまんまだよ」

「だから、どうしてそんなとこに出たんだよ。防空壕を抜けただけだぞ、おれたち」

「わからないけど、そう思うよ。この風景見たら」

「帰ろう」と俊夫が言った。「やばいぞ」

わたしたちはそれ以上寛永寺陸橋を進むことなく、そこで向きを変えた。

谷中側の台地の上に戻ったとき、俊夫はふいに身体の向きを右手に変えて言った。

わたしも、俊夫が何を気にしたのかわかった。行く手、前方に中学生ぐらいの男の子たちが数人いたのだ。こっちを見つめていた。

俊夫は右手の小道に入った。

「どうする？」とわたしは訊いた。

俊夫は谷中墓地のほうへ向かって小走りになりながら答えた。

「ぐるっと回る。墓地の中を通って、寛永寺坂駅まで戻ろう」

彼は、いま見た中学生らしき連中が、喝上げにかかってくるだろうと予測しているのだ。地元の大人までが、こちらを火事場泥棒か何かと誤解して、警戒していた。子供たちなら、もっと遠慮はなくなる。火事に遭った土地によその地区の子供が入り込んでくれば、何しに来た？　と取り囲みもしよう。通行税としていくばくかのカネを要求してくることもありうるだろう。このような災難に遭った土地で、子供たちが簡単によそ者と仲良くしてくれるとは思えない。

いつのまにかわたしたちは、焼け跡の中を貫く小道を走り出していた。前方に、谷中の墓地が見えている。境界に灌木を植えた広い墓地。中では道は迷路のように複雑に走っているから、誰かが追いかけてきても、わたしたちはどうにか逃げきれるだろうと思った。なんといっても、俊夫とわたしは夏休みになってからずっと、あのタブの木の下を自分たちの小冒

「来い」

険の拠点にしてきたのだから。

墓地の中に入り、御隠殿坂《ごいんでんざか》の細い道を渡ってから、わたしたちはタブの木の下を目指した。墓地の中を左回りして、防空壕を目指すのだ。

走りながら、あのタブの木はいまこの瞬間、あるのだろうかとも少しだけ心配した。もしいまが十五年前だとするなら、あの大木は変わりなく豊かに枝を広げていることだろう。でも、いまいるここが、さっきまで自分たちがいた世界とはまったく違う世界だとしたら……。

墓石のあいだの小さな径《みち》に入り、北側からタブの木を目指した。墓地の中の道や墓石の位置は、わたしが知っている墓地とさほど違ってはいないように感じた。わたしたちはタブの木の生える空き地に出た。

ふっと安心したのも束《つか》の間だった。その空き地には、五人の中学生と見える男の子たちがいたのだ。さっき言問通りの途中で待ち伏せしていた連中だろう。考えてみれば、彼らにとってもこの墓地は地元だった。先回りはできる。待ち伏せしていた子のうちのふたりは、黒く焦げた木材を手にしていた。スコップを離さない俊夫と、本気で闘うつもりかもしれなかった。

わたしたちは足を止めた。俊夫がわたしをかばうように、わたしを自分の後ろにやってくれた。

相手の中学生たちが輪を縮めてきた。みな憎々しげな目でわたしたちを見つめてくる。

最年長らしい背の高い中学生が言った。

「いい格好してるな。服も、靴も」

丸刈りが伸びたという髪形だ。首に手拭いを巻いていた。

俊夫もわたしも黙ったままでいた。いまのは質問ではないのだ。答を求められたわけではない。

また手拭いを巻いた中学生が言った。

「お前たち、どこから来た？」

俊夫が答えた。

「谷中だ。天王寺《てんのうじ》のそば」

「見たことないぞ」

「引っ越してきたばっかりなんだ」

「お前は？」と手拭いがわたしに訊いた。

「桜木」

手拭いはまた俊夫に顔を向けた。

「天王寺なら、誰を知ってる？」

俊夫が、誰かの苗字《みようじ》を出した。たぶん地回りか何か、天王寺の顔の男の名なのだろう。

手拭いの中学生は笑った。

「知らないな」

「いま用事の途中なんだ。通っていいかな」

「通れよ。だけど、何か盗んだりしていないか、見ていいかな。火事場泥棒がいるんだ」

「何も盗んでいない」

「そのスコップはどこから持ってきた？」

「うちのだ」

「金持ちなのか」その中学生は、わたしに顔を向けた。「お前が持ってるの、何だ？」

わたしは懐中電灯のことを言われたのだとわかった。

「懐中電灯。うちのだよ」

「見せろ」

少し小柄な中学生が寄ってきて、わたしから懐中電灯をひったくった。その中学生はすぐにスイッチを探し、点灯してから言った。

「電池だ。お前、なんでこんなもの持ってるんだ？」

手拭いの中学生が言った。

「貸してくれ」

俊夫はわたしの了解を取らずに言った。

「いいよ。使ってくれ」

手拭いの中学生が怒鳴った。

「馴《な》れ馴れしい口きくな!」

わたしはびくりと身体を縮めた。俊夫は無表情だ。

手拭いの中学生が声の調子を戻して言った。

「おれたちの遊び場で、泥棒みたいなことしたんだからよ。ちょっと線香代出していけよ」

墓地を自分たちの遊び場にしている子供らしい言いぐさだった。

俊夫が言った。

「カネは持っていないんだ」

「そっちのは?」と手拭いの中学生。

「持っていない」わたしは答えた。

「それは困ったなあ。おれたちだって、こんなことでぐずぐずしてたくないのになあ」

わたしから懐中電灯を取り上げた中学生が言った。

「何か代わりのもの、気持ちだけでも出してくれたらいいって」

「何も持っていないんだ」と俊夫。

「そのスコップでもいい」

「大事なものなんだ」

わたしは肩に斜め掛けしていた水筒を差し出した。小柄な子がひったくった。

手拭いが言った。

「話にならないな。線香代、出ないのか？」

俊夫が言った。

「おカネは全然ないんだ」

「何か考えろよ」

「靴とか、バンドとか、シャツじゃ駄目か？」

「靴とかバンド？」

「着るものなら、持ってこれる」

「半端《はんぱ》なものじゃ駄目だな」

「懐中電灯をもうひとつとか」

手拭いはうなずいた。

「それも足してだ。だけど、たぶんすぐには帰ってこないよな」

「すぐだ」

手拭いはわたしを指差した。

「桜木のお前が行ってこいよ」

「ぼく？」と、わたしは焦った。「ひとりで？」

「友達は、ここで待つんだ。お前が帰ってくるまで、ここで」

どうしたらよいかわからず、わたしは俊夫を見た。

俊夫はわたしに身体を向け、小声で言った。

「あの道を引き返せ。服とかバンドとかシャツとか持って戻ってこい。懐中電灯も」

「ぼくひとりで無理だよ」

「お前がここに残るか？」

その比較なら、ひとりで防空壕に戻るほうがよく思えた。でも、プラットホームの下から先、あの狭い地下壕をひとりで入り口までたどりつけるだろうか。さっきだって、自分は恐怖で気が狂うかとさえ思ったのだ。

俊夫が、わたしの逡巡《しゅんじゅん》の理由を察して続けた。

「一度通ったとこだ。怖くない」

取り囲んでいる中学生たちは、いらだちを露《あら》わにしている。早く行ってこいという表情だ。

俊夫が小声でつけ加えた。

「ひとりで戻ってくるのが無理だったら、天王寺の裏のおれのうちに行け。父さんに全部話すんだ。なんとかしてくれる」

手拭いが、脅してきた。

「何ぐずぐずやってんだよ」

俊夫が彼に言った。

「いったん懐中電灯を返してくれ。必要なんだ」

「どうしてだ」

「暗いところを抜けていくんだ。持って帰ってくるから」

理解できたようではなかったが、手拭いは小柄な中学生に目で合図した。返してやれ、と。

わたしはもう一度懐中電灯を持つことになった。

「じゃあ、少しのあいだ待ってやる」

手拭いはタブの木の奥にある柵で囲まれた墓所を指差した。そこに大谷石《おおやいし》造りの納骨堂があった。扉が壊れたままであることも、わたしの世界のそれと一緒だった。

「お前はそこに入ってるんだ」

そこに監禁するということだ。

俊夫は脅《おび》えを見せなかった。

「わかった」そしてわたしに言った。「行ってこい。早く」

わたしは手拭いの少年に訊いた。

「いつまでに戻って来ればいい？」

「一時間待ってやる」

「一時間待つと、何時なの？」

「たぶん一時だ」

確かめるならいまだ。わたしは訊いた。

「何年何月の？」

小柄な中学生が目をつり上げた。ふざけた、と思われたようだ。

「こいつ」

手拭いが、小馬鹿にしたような調子で、ゆっくり区切りながら言った。

「昭和二十年、八月、十七日の、午後一時だ」

やっぱり、と思った。自分たちは、あの防空壕を抜けて、十五年前の上野桜木に出てしまったのだ。でもその思いを、顔には出さないようにこらえた。俊夫は、かなり驚いた顔をしていた。想像外だったのか、それとも想像通りだったのか、どちらなのかはわからない。

手拭いは続けた。

「それが期限だ。もしお前が戻って来なかったら、こいつ痛い目に遭うんだぞ」

「わかった」

「行ってこいや」

わたしはその場から駆け出した。そこだけ空襲を受けなかったらしい墓地の、立木の下を、墓石のあいだを、真新しい卒塔婆《そとば》の並ぶすぐ脇を、一目散に、わたしたちが出てきた地下駅の入り口に向かって。途中で一回だけ振り返った。俊夫はわたしを見つめてはいなかった。あの中学生たちに追い立てられるように、納骨堂に入るところだった。

あの連中が、体格もよく世馴れている印象の俊夫のほうを残したのは、俊夫を帰した場合、不良グループとかを連れて戻ってくるのではないかと心配したのだろう。幼く見えるわたしなら喧嘩の強い仲間もおらず、約束を破る勇気もないとみられたのだと思う。

うるさいくらいに、セミが鳴いていた。

どんなふうに自分が、本来いるはずの世界に戻ってきたのか、正直なところよく覚えていない。まず寛永寺坂駅の駅舎裏手から駅に入って階段を下りた。それから階段横の壁にある物入れ棚の前まで下って、防空壕の中に入った。防空壕の奥の階段を上り、防空壕跡の入り口に出た。

順序立てて言えばそのようにわたしは逃げ帰ってきたはずだけれど、そこを通過してきたあいだのことはほとんど覚えていないのだ。そうでしかありえない、というだけだ。

防空壕の入り口を飛び出したときのことは、はっきりと覚えている。飛び出た瞬間に、そこは自分がさっきまで生きていた世界だとわかった。その空気、そこにあるもの、目に映るもの、すべてが、わたしには親しいものだった。ここは自分が知っている世界、生きている世界だと確信できた。気を抜いて呼吸できる世界ということでもあった。

わたしは自分の家に駆けて帰り、奥の寝室に転がってはあはあと荒く息をついた。家の裏手で洗濯をしていた母が、どうしたのか、と訊いてきた。なんでもない、とわたしは答えた。

心臓はまだバクバクしていて、感情がざわついていた。激しい興奮はなかなか鎮まらなかった。

シャツとか革バンドとか、持ち帰るものを探そうとした。シャツなら自分のものを持っていけばいい。母がそのうち足りないことに気づくだろうが、そのときは嘘《うそ》でごまかす。バンドもだ。

でも、運動靴は一足しかない。うちにはほかに運動靴はなかった。あの中学生たちがいちばん欲しがるもの、持っていって喜ぶものは、シャツよりも運動靴ではないかという気がした。逆に言えば、運動靴がなかった場合、連中はとても失望し、わたしたちに怒りをぶつけてくるだろう。無事には帰してもらえないかもしれない。

親におカネをもらって、新品を買うか。根津《ねづ》のほうの靴屋まで走って行って、適当な文数《もんすう》の靴を二足も買って、あちらに戻るというのはどうだろう。

俊夫は、何かあったときは自分の父親に話せと言っていた。でも、俊夫の父親がすぐには見つからなかったら？　天王寺のアパートにいまいなかったら？

畳の上で、そのあとどうするか、繰り返し繰り返し、細かなことまで想像した。想像しながら、自分がなぜそんな細かなことで悶々《もんもん》としているか、理由もわかっていた。自分はあの防空壕にもう一度入りたくはないのだ。防空壕を抜けて、あの十五年前の世界に戻りたくはないのだ。だからなんやかやと障害や問題を見つけ出しては、いますぐ戻ろうとはしない理由にしている。

　そうして、何もしないままに三、四十分も時間をつぶしてしまった。タンスの上の時計に目をやると、もう午後一時になろうとしていた。まずい。このままでは、俊夫が袋叩《だた》きになる。こちらの世界に帰ることを許してもらえず、あいつらの子分とされて、かっぱらいやら喝上げを強要されることになるんじゃないだろうか。早く身代金になるものを持って行ってやらなければ。

　母親に、来月分のお小遣いをくれないかと頼んでみるか。いや、それともきょうあったことを正直に話して、もっとたくさんのおカネを出してもらうか？　でも、信じてもらえるかどうか。その子と遊びたいならおカネはやるけど、そんなとこには行くな、と言われるのが関の山という気もした。

　わたしは起き上がると、うちを出て天王寺へと向かった。天王寺は、墓地の中を貫く通りを突っ切った先にあるお寺だけど、町の名にもなっている。墓地から国鉄線路側の崖までの、ごく狭い住宅街で、空襲には遭っていないと聞いていた。古いアパートが密集している。俊夫の住んでいるアパートは知っていたので、そこに住むひとに苗字を出して聞いてみればいいだろう。

　防空壕入り口のある空き地を横目で見て通り過ぎ、わたしは天王寺に向かった。窓の多い大きなアパートに、俊夫家族は住んでいたはずだ。

アパートの前に割烹着《かっぽうぎ》姿のおばさんがいたので、わたしは俊夫の苗字を出して訊いた。

「……さんは、いま、いますか？」

おばさんは不審そうにわたしを見つめ返してきた。

「何よ、あの男に何の用事なの？」

妙に険しい声だ。

「どうしてですか？」

「あんな男に関わってるなんて、あんたもろくでもないことしてるんだろ」

「違います」

「とにかく、知らない。ぶらぶらしてるよ。跨線橋《こせんきょう》の向こうで、パチンコでもしてるんじゃないの」

わたしはその場から立ち去るしかなかった。

桜木に向かっているうちに、自分が少し落ち着いてきたことを感じた。防空壕のある空き地の前を通るときは、あれが十五年前の世界に行って体験したことだとは思えなくなっていた。ついさっき、自分たちはいつものタブの木の下で、知らない中学生グループに因縁をつけられたのだ。それだけのことだ。俊夫も、うまく逃げただろう。いざとなったら、俊夫は四、五人の中学生だって相手にできるはずだ。

うちに帰って悶々としているうちに、夜となってしまった。

その翌日、わたしはお昼過ぎまでタブの木の下で俊夫が来るのを待ったけれど、彼は来なかった。翌日も、その翌日もだ。どうしているのか不安はあったけれど、片一方でわたしは彼の怒りを買ったのではないかとも思っていた。防空壕を通って過去に行ったのは妄想というか夢というか記憶違いだったとしても、喝上げされたのは事実だったのだ。そしてわたしは、戻るという約束を破った。俊夫がわたしを許さないと決めたとしても、それは当然だった。

夏休みが明けて学校に行ったその日、わたしはクラスで俊夫が家出したようだという話を聞いた。夏休みのある日、彼は家を出たきり帰って来ないのだという。悪い仲間に入ったのだろう、としたり顔で言う級友もいた。

わたしは急速に俊夫のことを忘れた。

でも、最初に書いたように、いまではわたしは彼がその後、何度かあちらからこちらに越境してきたと信じている。越境して、わたしのごく身近まで来ていた。少なくとも、三回は。あいだに何年もの時間を空けて。

二十七歳の、結婚式も直前というときだ。結婚する相手は上司に勧められて見合いした女性だったが、わたしには別につきあっている女性がいた。その彼女に別れ話をしに行って、帰りに彼女の住む集合住宅の階段で転び、わたしは救急車で運ばれた。転倒はひどく酔っていたせいだと、そのときは思った。でもわたしの怪我《けが》の様子から、警察は最初から、事件の可能性を疑ったとのことだった。誰かが突き落としたところを見たという目撃証言があったらしい。わたしは何もわからなかった。転倒の衝撃で肝心のところの記憶を失ったのかもしれない。それが彼の越境と関連するのではないかと思いついたのは、あの二度目の事件の後だ。

階段から落ちて怪我をした件では、事情を婚約者に説明しなければならなかった。国家公務員との結婚話に乗ってきた相手だから、破談にこそならなかったけれど、最初からなんとも寒々とした結婚生活を始めることになった。

愛はもちろん、互いに何の信頼も敬意もない結婚生活は、わたしの精神の深いところを荒《すさ》ませた。それなりのポストについてからは、わたしは役所に出入りする業者のカネで女遊びをするようになった。最後には銀座《ぎんざ》の酒場で近づいてきた帰国子女だという若い女に入れ込み、その女に貢《みつ》ぐカネを業者に何度か要求した。この業者が見返りを求めてきたとき、わたしは自分の地位を使い、便宜《べんぎ》をはかった。露顕《ろけん》すれば一瞬で公務員の職を失うということをしてしまったのだ。

ほぼ同じタイミングで、女も別れたいと手切れ金を要求してきた。話がこじれ、わたしは女に手を上げてしまった。女は怪我をして警察沙汰になった。わたしは逮捕され、スキャンダラスに書き立てられ、収賄《しゅうわい》もばれて、免職処分となった。暴行傷害の刑事事件については執行猶予がついたけれど、わたしはこのとき、職も家庭も社会的な信用もすべて失った。

その後偶然その女に会ったときだ。いや、あれは偶然ではなく、やはり仕組まれた再会だったのだろう。彼女が告白したのだ。自分はあるひとの指示でわたしに近づき、わたしを転落させたのだと。あいつならカネを引っ張れる、引っ張れるだけ引っ張って、別れてやれと唆《そそのか》されたのだと。それは誰だと訊くと、彼女は答えた。一度しか会っていないけれど、タブノキ、という呼び名の男だったと。

タブノキ。

あの彼、タブの木の下に置いてけぼりにされた男が、復讐したのだ、とわたしは納得した。つまり、彼は越境してきて、わたしを破滅させる段取りを整えてから、またあちらに戻っていったのだ。階段からわたしを突き落とした男も彼だったのかと、ようやく思い至った。

そして今度だ。

拘置所を出てからわたしは、いくつも半端な職を転々とした後、北区にある小さな配送業者で事務員として働くようになっていた。また、アパートの近くの安居酒屋で女性と知り合って、同棲も始めていた。女は三津子《みつこ》という名で、粗暴な亭主から逃れて、東京の反対側で暮らし始めたのだと言っていた。一緒に暮らし始めたとき、彼女は四十一歳だった。つましく誠実な三津子との暮らしは、そこそこに幸福だった。

どん底まで落ちた男としては、なんとかやり直しには成功したと、自分でも思うようになっていた。三津子の離婚が成立したら、きちんと入籍しようとも考えていた。でも、そんな生活は一年続かなかったのだ。

この暑い夏、三津子の亭主がわたしたちの前に現れたのだ。狭い路地の奥の、わたしたちの住む部屋の玄関前にだ。

「この野郎」と、粗暴そうなその男は、わたしに憤怒《ふんぬ》を向けて言った。「ひとの女房かどわかしやがって。ぶっ殺してやる」

男の手には、刃物が握られていたように思った。わたしは路地の奥で逃げ場を探した。でも、そこは行き止まりなのだ。

そのとき、剣先スコップが目に入った。どこのものかはわからない。それまでそこでは見たこともなかったスコップが、路地の奥、アパートの壁に立てかけてあったのだ。わたしはそのスコップを手に取って、三津子の亭主に向き直った。亭主はわたしが抵抗すると知って逆上し、刃物のようなものを振り上げて突進してきた。玄関口の隙間から、三津子の悲鳴が聞こえた。わたしは亭主に剣先スコップを突き出した。かなりの衝撃があって、わたしは亭主に突き飛ばされた。亭主と一緒に転んだが、彼よりも先に立ち上がった。亭主がまだ何か凶器を振り回してくる。また三津子の悲鳴。わたしは剣先スコップで亭主の顔や頭、そして首を何度も突いた。亭主がぐったりして、動けなくなるまで。

警察では、当然だろうけども、スコップを用意していたのだろうと決めつけられた。亭主の出現を予想して、反撃のためにそこに置いていたのだろうと。

わたしは、知らない、と供述するしかなかった。用意などしていないし、その日その瞬間に気づいたら、あったのだ、と。

でも、わたしはもう事件全体がどのように仕組まれたものであるか、わかっていた。一度は転落したわたしが、またささやかな幸福を手にしたと知って、彼はもう一度わたしを地獄に突き落としにかかったのだ。あの亭主に三津子の居場所を教えたのも彼だろうし、そこにスコップを用意しておいたのも彼だ。もちろんそんなことは、検察官の取り調べでも、検察官への供述でも、裁判の中でも、ひとことも話したことはない。信じてもらえる話ではないし、それが事実だと理解してもらえたとしても、わたしにとってお恥ずかしい行状の顚末《てんまつ》でしかない。胸を張って語れるようなことではない。

懲役八年。

ひとをひとり殺したにしては、軽い判決だと言えるかもしれない。でも、懲役を終えて出るとき、わたしは五十八歳だ。たぶんやり直しの気力も体力も残っていないのではないか。何かを新しく始めるにも、歳を取りすぎている。わたしは、事実上ここで終わったのだ。それを認める。

それでも思う。越境してきていたのなら、どうしてわたしの前に現れて、面と向かって憤恨と憎悪とを口にしてくれなかったのだ？　こんなやりかたでわたしを転落させるのではなく、あっさりと駅のプラットホームから突き落としてくれなかったのだ？　スコップの一撃で殺してくれなかったのだ？

わたしの前でそれを言ってくれたなら、わたしは頭を下げ、謝罪してから、その罰を受け入れただろうに。許しを求めたりはしないけれども、ごめんとだけは言ったろうに。どうしてそうしてくれなかった？

それとも、とここまで書いて思うのだ。彼があのあと何度も越境してきていた、というわたしの想像がそもそも根拠のないことなのだろうか。わたしの妄想に過ぎないのだろうか。わたしは勝手に自滅しただけなのか？

図書館の子

その日は朝から荒れ模様だった。

母は窓ガラスに指を当て、霜《しも》を溶かした小さな覗《のぞ》き穴から外を見ていた。その窓からは、表通りに通じる小路《こみち》と、その上の空を見ることができた。

「吹雪《ふぶき》になりそう」と母は言ってから、すぐに自分で打ち消した。「そんなことはないね。お昼には、風も収まるでしょう」

言葉とは裏腹に、母が天気を心配しているのがわかった。

少年もついさっきまで、霜を溶かした穴から外を凝視《ぎょうし》していたのだ。強い北風が間歇《かんけつ》的に家々を横から叩《たた》き、葉の落ちた木々をびゅうびゅうと揺らしている。しかし少し前には駐屯地の七時砲が鳴ったし、表通りからは路面電車のチンチンという鐘の音もときおり聞こえてくる。町が機能を止めるほどの悪天候というわけでもなかった。

でも、少年のほうは、むしろ天気が荒れることを期待していた。もしかして、自分がいままで経験したこともないようなことが起きるかもしれないのだ。馬車さえもひっくり返すような強風、路面電車も立ち往生するような吹き溜《だ》まり。建物のドアをすっかりふさいでしまうほどの大雪。真冬の厳寒期、そんなことがときどきあるとは大人たちから聞かされている。

でも六歳の少年は、そんな吹雪はまだ体験したことがない。

母が少年を呼んだ。

「クルミ」

本名ではない。でも、少年は誰からもこう呼ばれる。母も、叔母《おば》も、近所の子供たちもだ。その響きにはからかいも嘲《あざけ》りもない。目や髪がクルミの殻《から》のような明るい茶色なので、クルミ、なのだ。母が言うには、少年は身体《からだ》の色素が薄いのだとのことだ。ただ、いま行方知れずの少年の父は、黒い髪と黒い目の青年だったという。

「うん？」と、クルミは窓のそばにいる母に顔を向けた。「なに？」

母は窓から離れ、毛糸のスウェーターの上に外套《がいとう》を着込みながら言った。

「昨日も言ったけれど、きょうは仕事で少し遅くなる。どうしたらいいか考えているの」

母は毎日裁縫工場に働きに出て、このアパートに戻ってくるのはいつも午後の六時過ぎだ。クルミは学校が終わると、町の南、運河沿いに住む叔母さんの家に行って、六時ぐらいまで時間をつぶすのが習慣だった。叔母はひとり身で、自分のうちで筆耕《ひっこう》の仕事をしている。昨日、その叔母からは、明日は隣町まで、ひとつ終えた仕事を届けに行くと聞いていた。つまりクルミはきょう、小学校が退《ひ》けたあと、行くところがないのだ。

このアパートの住人たち、一階に住む夫婦や二階のひとたちも、たいがいもっと帰りが遅い。それにそもそも母は、同じアパートの住人たちとは、さほど親しくはなかった。それはどうやら少年の父の行方知れずの理由のせいらしいのだが、ともあれ親しくしてくれるひとは限られている。

母が訊《き》いた。

「どこか行ける友達のうちはない？」

クルミは少し考えてから答えた。

「学校の誰かにお願いすれば、招《よ》んでくれるかもしれないけど」

母は首を振った。

「手ぶらでってわけにもいかないね。晩御飯を食べさせて、って言うみたいなものだし」

クルミが黙っていると、母はひとつ思いついたという顔をした。

「学校のあと、図書館に行ける？」

「うん」

小学校に入る少し前、ようやく文字が読めるようになったころ、母が図書館に連れて行ってくれた。鉄道駅に近い公園の中の、石造りの建物だ。もともとは首都に住む富豪が建てた別邸で、持ち主が亡くなったあとに市に寄贈された。建物は市立の図書館として使われるようになり、庭も町の公園の一部となった。

児童室には絵本や子供向けの図鑑が揃《そろ》えてあって、いつ行っても二十人や三十人ぐらいの子供たちが来ていた。児童室の一部はカーペット敷きで、学校と違って寝ころべるし、大きなソファにもたれかかって本を読むのでもいい。クルミは一度ですっかり図書館が好きになってしまった。一年ほど前のことだ。

それ以来、ひと月に一回くらい、母に連れられて行っている。いままでに十回は行ったろう。学校から図書館まで、もうひとりで行けるはずだ。道はわかっている。歩いて三十分くらい、旧市街を抜けて、獅子《しし》の門《もん》を出た先にある。電車だと、少し遠回りだけれど、十分くらいで行ける。獅子の門前の停車場で降りればすぐだ。

母が言った。

「図書館は七時に閉まる。なんとかそれまでに迎えに行くから、図書館で待っていて。図書館なら退屈しないでしょ？」

「もし母さんが遅くなったら？」

「ならない。絶対にそれまでに迎えに行く」

母は手提《てさ》げ鞄から財布を取り出して、電車賃を渡してくれた。

「電車には乗れるね？」

ひとりで電車に乗って図書館に行ける！　初めてのことになる。クルミは喜んだ。図書館で母さんを待つことぐらいなんでもない。

「さ、早く学校の支度をして」

クルミは母が編んでくれた襟《えり》巻きを首に巻き、自分の外套を着た。背負い鞄には、もう黒パンのお弁当が入っている。鞄を背負うと、耳当てのついた毛糸の帽子をかぶり、指なしの手袋をはめる。ゴムの長靴はもう履《は》いている。

「行きましょう」と、母が鍵を持った手でドアを示した。クルミはドアを開けて、廊下へと出た。風の音がする。左手の玄関口の内ドアが激しく揺れていた。

母が部屋のドアを閉じて鍵をかけると、廊下の右手のほうでカチリという音がした。クルミは音のしたほうに目をやった。ひとつ置いた隣りの部屋のドアが少し開いている。白髪《しらが》の老人の部屋のドアだ。クルミたちが外出するとき、外出から帰ってくるとき、必ずそのドアが小さく開く。母は、老人は誰がクルミたちの部屋にやってきたのかを気にしているのだ、と言っていた。クルミは、その白髪の老人がなぜそれを気にするのか理由を知らない。母も、わからない、と言う。でも気にしないで、と。

玄関の外側には少し雪が溜まっていて、ドアを押し開けるにはいくらか力が必要だった。クルミは両手でドアを押して母と一緒にアパートの外に出た。

母が心配そうに言った。

「これ以上、天気が荒れなければいいけど」

母の不安は、現実のものとなった。

午後の下校のころには、風はいっそう強さを増していた。しかも雪が交じってきている。

夜にかけて本格的な吹雪になると、教師たちが言っていた。

同じクラスの子供たちの中には、七年前にこの国の北部を襲った吹雪のことを話題にする者もいた。大勢の凍死者の出た猛吹雪のこと。もちろん記憶しているはずもない。みな親たちから聞いたことだ。この町でも、十人以上のひとが行き倒れて死んだという。町の郊外では吹き溜まりで列車が立ち往生、救援が遅れて乗客九人が凍死した、と伝えられている。

学校には、大勢の母親や父親が、自分の子供を迎えに来ていた。

教師は、迎えのいない生徒たちに何度も言っていた。

「寄り道するな。まっすぐ家に帰るんだ。帰れなくなるからな」

こんな指示も出た。

「帰る方向が同じ子同士で、固まって帰るんだ。友達の家の前まで行って、必ずその子が家に入るところまで確かめてから、また歩き出すんだぞ」

でもクルミは、図書館に行かねばならない。学校の門の前で同級生たちと別れて、路面電車の走る大通りへと向かった。大通りまで来ても、見通せるのは道の半町ほど先までだ。それより遠い馬車の姿はぼんやりとした灰色の影で、路面電車はただ前照灯がわかるだけだ。一町も先は何も見えなかった。ただ白く濁《にご》っているだけだ。クルミは耳当てを顎《あご》の下で結《ゆ》わえ、頬に当たる雪を避《よ》けて風下側に顔を向けて歩いた。

通りには朝からもう十センチかそれ以上の雪が積もっていた。馬橇《ばそり》や馬車が作る轍《わだち》は、どんどん深いものになっている。歩道も乾いた雪に覆《おお》われ、通行人の作った細い踏み分け道ができている。それでも雪に靴が埋もれぬよう、ひとの歩いた靴跡に合わせて歩くのはひと苦労だった。

停留所で、大人たちに交じって路面電車が来るのを待った。でも電車はなかなか来ない。寒さに足を踏みしめ、手袋の中で指を互いにこすり合わせて、寒気と強風に耐えた。やがて前面に除雪板をつけた電車が近づいてきて、軌道上に積もった雪を押し退《の》けていった。もう来るんだな、と喜んだけれども、じっさいに獅子の門方面行きの電車がやってきたのは、それからさらに五分も後のことだった。

乗った路面電車は、大通りを北に向かって走っていた。風がまた強くなってきて、走る路面電車さえときどき揺れた。車内灯が何度かすっと暗くなり、またもとの明るさに戻ったりした。

客のひとりが、車掌に訊いているのが聞こえた。

「きょうはずっと電車は動くよな？」

車掌が答えた。

「わかりません。これ以上吹雪がひどくなれば、止まるかもしれませんよ」

「除雪が追いつかなくて？」

「町からひとが消えますから」

「大勢が働きに出てるよ、こんな日だって」

「停電があるかもしれません。さっきから何度も停電しかけた」

「早いうちに家に帰るのが無難だな」

「もうじき歩くのも難しくなりそうですよ。下手をすると、道端で氷の柱になってしまう」

やがて車掌がチンチンと鐘を鳴らしたあとに告げた。

「獅子の門。獅子の門」

自分はここで降りるのだ。クルミは帽子の耳当てを結び直すと、電車の中を後ろへ歩いて、降車ドアの前に立った。電車が止まり、車掌がドアを開いた。猛烈な風が吹き込んできて、クルミは思わず身を縮めた。

停留所ではほかに五人の乗客が一緒に降りた。クルミは車道を東に渡って、公園の中に入るのだ。市立図書館は、公園入り口からわりあい近いところ、三十メートルほど奥にあった。通りから入り口まで、やはり踏み分け道ができている。ただし一条《ひとすじ》だけの。きょうは図書館には、あまりひとは来ていないのかもしれない。クルミはその踏み分け道を、強風が勢いを増すたびに足をとめ、何度も休みながら図書館に向かった。

市立図書館は、二階建ての灰色の建物だった。石造りで、壁に縦長の窓がいくつも規則的に並んでいる。屋根は本来は緑色の銅葺《ぶ》きだけれど、いまは雪が薄く積もり、こびりついて、白い斜面としか見えなかった。

大きなひさしのある入り口に達して、クルミは頭と肩から雪を払い落とした。

玄関に入り、内ドアを押してホールに入った。空気がいくらか暖かかった。建物の中には、お湯が流れているのだと母が教えてくれたことがあった。図書館では、どの部屋の窓の下にも、鉄の管を並べた柵のようなものがある。あれが放熱器といって、その中をお湯が通り、部屋の空気を暖めているのだと。

児童室に入ったら、まず放熱器のそばに行って、とクルミは思った。身体を温めよう。さいわい、きょうは気温が低いから、外套や帽子に突き刺さった雪は乾いている。厚布や毛糸を濡《ぬ》らしてはいない。でも、衣類は冷えきっている。

ホールの左手には、大人のための閲覧室がある。

ホールの右手には廊下が伸びており、手前に事務室がある。その事務室の並び、奥にあるのが、カーペットの敷かれた児童室だった。

ホールの真正面には階段がある。二階にはとても難しい本や古い本が収められているとか。

クルミは二階には上がったことがない。

ホールの壁には、何枚かのポスターが貼られていた。クルミはそのうちのいくつかに書かれた文字を読むことができた。

音楽会。氷上カーニバル。人形劇団の公演。

それに退役した将軍による、時局講演会。会場は町の大きな劇場とのことだ。「戦争に備えよ」との言葉が大きく印刷されている。

催しものの告知ポスターとは別に、ひとの顔写真が印刷されたポスターもあった。

「見逃すな、帝国の敵」

「あなたの隣りにいるかもしれない」

その言葉の下に、三人の男の顔写真。眼鏡をかけた教師ふうの四十代。無精髭《ぶしょうひげ》の職工ふうの三十代。学生のような雰囲気の青年。どれも真正面を向いて、じっとカメラを見つめている。

クルミはそのポスターを一瞥《いちべつ》してから、ホールと事務室とのあいだの小さな窓を見つめた。図書館に入るには、ひとこと声をかけて、いちおうは許可をもらうのではなかったか。それとも勝手に児童室まで入ってしまっていいのか？　ひとりで来たのは初めてだから、よくわからない。

図書館で働く誰かが声をかけてくれるのではないかと思った。でも壁の小さな窓からはクルミの姿が見えないのか、誰も声をかけてはこない。

クルミは廊下を歩いてひとりで児童室に向かった。

児童室は、小学校の教室ほどの広さだった。でも、黒板もないし、黒板に向いた机もない。大きな四角いテーブルがいくつかと、形が不揃いのソファが四つ。奥の側の壁には、使っていない暖炉がある。壁際には、子供の背丈ほどの書棚。テーブルは小さな子供たちが使えるようにと、高さは四十センチほどだった。小さな子供たちは暖炉の前のカーペットの上にじかに座り込んで、本を広げる。この日、児童室にいるのは、十人ほどの子供たちだった。母親と一緒の子供の組が五つ。

部屋に入っていくと、大人や子供たちの何人かがクルミを見つめてきた。知っている顔はひとつもなかった。

クルミは帽子と手袋を取り、外套は着たまま、放熱器のそばに自分の居場所を定めた。少し身体が暖まったところで外套を脱ぎ、ソファの横に丸めて置いて、図鑑の書棚の前に向かった。

取り出したのは、動物図鑑だった。

この町には動物園がないから、図鑑に載っている動物のほとんどを、クルミはじっさいに見たことはなかった。ライオン、ヒョウに、トラ、チーター。シマウマ、ラクダ、キリンにゾウ。シロクマ、カバ、サイ、ウミガメやワニ。どれも図鑑の中でしか知らない。児童室には動物図鑑が三種類あって、あまり文字のない小さな子供向けのものから、少し説明が多くなった年長の子供向けのものまで、どれも製本がばらばらになってしまいそうなほど人気だった。

クルミは小学校に入る前に文字を覚えていたから、いまはなんとか年長向けの図鑑も楽しむことができた。説明文は半分も理解できなかったけれど、いずれ書いてあることが理解できるようになる。小学校の高学年になれば、辞書を使えるようにもなるはずだ。そうなったときは、図鑑からもっと愉《たの》しさを得ることができる。

動物図鑑を見ているあいだに、子供ふたりが親と一緒に帰っていった。吹雪がいっそう強くなっているらしい。

クルミよりも少し大きな子供が、母親に文句を言っていた。

「もっといたい」

母親は取り合わなかった。

「電車がもう止まりそうなの。さ、急いで支度して」

もう電車が止まる？

クルミは窓に目をやった。雪がガラスに張りついている。外の景色は見えない。ただ、かなり暗くなっていることがわかった。日没時刻を過ぎたのだろうか。それとも雪雲が厚すぎ、吹雪の密度が濃すぎるせいか。

もし電車が止まったら、とクルミは心配した。母は図書館にたどり着けるのだろうか。裁縫工場からここまで、歩けば大人の足でも三十分はかかる。吹雪の中、歩いて迎えにやってくるのは、たいへんな難儀のはずだ。七時の閉館時間までには、来られないかもしれない。

心配しつつも、クルミは次に世界の地理についての図鑑を取り出した。世界で最も高い山とか、煙を吐く山、落差が五十メートルもあるという、幅の広い大きな滝。谷を埋める氷の河。一面草一本生えていない広い砂漠。

ふと気づいて顔を上げると、またひとり子供の姿が消えていた。帰ったのだろう。迎えが来ていたことには気づかなかった。まわりの誰にもさよならを言わずに、そっと帰っていったのだろうか。それとも自分が図鑑に夢中になって、さよならを言われたことに気づかなかったのだろうか。

部屋の空気が少し冷えてきたような気がした。寒い、と漏らす子もいる。

クルミは放熱器のそばまで行って、パイプに手をかざしてみた。暖気を感じない。放熱器は動いていないようだ。

寒い寒いと言っているうちに、図書館の職員がやってきた。灰色の上っ張りを着た女性だった。

彼女は放熱器に手を当てて言った。

「ここもだわ。全然お湯が回っていない」

その職員が児童室を出ていくと、年長の子供が言った。

「暖房機が壊れたんだよ。もうすぐこの部屋の中も、外と同じ気温になる」

べつの子が言った。

「それじゃあ、死んじゃうよ」

いや、きっと図書館のひとが暖房機を直してくれる。

クルミは乗り物図鑑を取って開いた。乗り物も大好きだった。二輪の荷馬車に、四輪馬車。路面電車に蒸気機関車、客船、漁船、貨物船。この町ではあまり見ない自動車の絵もいくつもあった。乗用車、乗合バスに貨物トラック。それに空を飛ぶ乗り物。飛行船に飛行機。

窓がガタガタと鳴っている。というか、その音の途切れることがなくなった。風がいっそう強くなってきている。窓の外はもうまっ暗だ。またひとり、母親らしきひとが迎えに来た。男の子と女の子の兄妹《きょうだい》が、母親のほうに駆け寄っていった。残った子供は、自分を入れてあと三人だ。

何時になったろう。クルミは少し不安になってきた。時計はホールと、大人用の閲覧室の柱に掛かっている。時計を見てこよう。クルミは児童室を出て廊下をホールまで行き、時計を確かめた。

五時四十五分になっていた。

事務室の小さな窓から、職員たちの声が聞こえてきた。

「暖房機も壊れた以上、もう閉館にしてしまおう」

「閲覧室には、あとひとりいるだけ。電車のことを心配そうに訊いてきたから、もう帰るんじゃないかな」

「大人は、閉館だと告げたらわかってくれる。問題は、子供たちだ」

「児童室にはあと三、四人」

「子供たちの迎えが来たところで閉館にしましょう」

「閉館間際に来るのかもしれない」

「電車も止まる。北の橋は通行止めになったみたいだ。このぶんでは、わたしたちも帰れなくなる」

「あと十五分だけ待ってみよう」

あと十五分だけ？

それまでに母は迎えに来てはくれないだろう。いつもよりも遅くなると言っていたのだ。母はたぶん七時の閉館近くに来るつもりでいる。それとも、母の工場もこの吹雪で、工員たちは早めに帰るようになるだろうか。

あと十五分。それまでに来なければ、自分はどうなる。図書館の職員たちに、家まで送ってほしいとお願いするか？　それとも母が働く工場まで連れていってくれませんかと。でもそれだと、行き違いにならないだろうか。母は吹雪の中、図書館まで無駄足を踏むことになる。

図書館のひとに電話をかけてもらう？　いや、工場に電話をかけても、仕事中は受けることができないと聞いていた。母に伝言を渡してもらうのがいいのだろうか。

クルミは廊下を戻ると、児童室にはすぐに入らず、洗面所へ向かった。廊下の突き当たりの左に、洗面所があるのだ。

洗面所に入るときに、事務室のほうから声が聞こえた。

女性が言っている。

「電車が止まると聞いて、あわてて迎えに来ました」

その声を引き取るように、また別の女性の声。

「うちもです。七年前の猛吹雪の日を思い出しますね」

いま児童室にいる子の親が来たようだ。クルミは洗面所に入った。

風が吹き込んでいる。雪も一緒だ。クルミは驚いて、洗面所の中を見まわした。左手の壁の上部、天窓がはずれかかっている。強風が窓枠を壊したのか、それとも折れた木の枝でも、窓にぶつかったのか。床には数センチ、雪が積もっている。

明日の朝までには、とクルミは思った。この洗面所には、雪が数十センチも積もっているかもしれない。

子供用の小さな便器で用を足しているとき、洗面所の電灯がすっと暗くなった。電車に乗っていたときのことを思い出した。あのときは、電灯が消えかけたけれども、何度かのまたたきのあとすぐに復旧した。こんども、同じようにほどなく電灯はつくだろう。

でもなかなかつかなかった。洗面所は真っ暗なままだ。少し怖くなってきたので、クルミは用を足すと、あわてて洗面所を出た。廊下の照明もついていなかった。クルミは壁づたいに廊下を進み、手さぐりで児童室のドアを探して、ドアノブを見つけた。

児童室の中も電灯はついていない。全館、停電したということなのだろう。ほかの子供たちは、静かだ。暗いので、じっとしているのか。

少したってから気づいた。いや、児童室にはひとの気配がない。子供たちはいないのではないか？

「誰かいる？」とクルミは声を出した。

何の返事もなかった。

自分は部屋を間違えた？　自分は洗面所を出ると、壁に沿って廊下を歩き、ここが児童室だと思えるドアを開けたのだ。そもそも、洗面所から児童室のあいだに、ほかにドアはない。いや、あったろうか。自分の開けたことのないドアがあったかもしれない。ないという確信はなくなってきた。自分は、別の部屋に入ってしまった？

クルミは部屋の様子を思い描いて、ドアの近くにあったソファのほうへそろそろと歩いた。脚がソファにぶつかった。ここは児童室だ。間違いない。子供たちの気配がないのは、親が迎えに来たせいだろう。子供たちは親と一緒に帰って行ったのだ。

自分ひとりが残ってしまった。

停電が終わって、照明がつけば、図書館の職員が児童室にやってきてくれるだろう。一緒に帰ろう、家まで送っていくと。でもそのとき自分はどうしたらいいのだろう。ひとり残るとは言えない。やはりさっき考えたように、母さんの勤めている工場に電話してもらえますかと、そう言うべきだろうか。

五分ほどたっても、照明はつかなかった。クルミは不安になり、ソファから立ち上がって、ドアへと寄った。確か室内の照明のスイッチは、ドアを開けたすぐ右側にある。ちょうど手を伸ばした高さに、スイッチの爪《つ》のような感触があった。クルミはその爪を押し上げてみた。電灯がついた。天井から吊り下げられた四個の電球全部に、灯が入ったのだ。

停電はなかったのだ。

ということは、とクルミは半分恐怖に襲われつつ思った。図書館のひとは、もう子供はいないものだと思い込んだ？ だから児童室の明かりを消したということだろうか。

クルミは、ソファの後ろから外套と、帽子や手袋を持ち上げると、児童室の明かりをつけたまま廊下に出た。ドアも開け放したままにした。ドアから漏れる明かりのおかげで、廊下の先、ホールのあたりまで、なんとかぼんやり見分けることができた。停電ではないのだから廊下の照明もつくのだろうが、クルミはそのスイッチの場所を知らなかった。

ホールまで歩いて、背伸びして事務室の小窓を見た。中に照明はついていない。

クルミは事務室のドアを開けようとした。ドアは施錠《せじょう》されている。ノブは動かなかった。

図書館のひとは、みんな帰ってしまった？

ドアの脇にスイッチがふたつあった。押し上げてみると、廊下の照明がついた。並んでいる電球に、瞬時に灯が入ったのだ。

クルミは外套を着ると、玄関の内ドアを押した。外ドアとのあいだの部屋には、少し雪が溜まっている。雪の上にいくつもの靴跡がついていた。外ドアは内側から施錠してあった。クルミは錠のツマミを、少し力をこめてひねってみた。カチリと、錠がはずれたような音がした。クルミはこんどはドアを外に押し開けようとした。ほんの一センチほどだけ、動いた。でもそれだけだ。ドアの向こうに何か重いものでもあるように、それ以上は開かない。何度も自分のすべての体重をかけて開けてみようとしたけれど、駄目だった。

吹雪のせい？　風がドアを押しつけている？　それとも凍りついてしまった？　どうであれ、子供の力ではこの玄関ドアを開けて外に出ることはできそうもなかった。

どうしたらいいだろう。

誰かに電話で助けを求める？　電話を使ったことはないが、警察署に電話をすると事情を聞いて、警官が自動車か馬車で駆けつけてくれるのではなかったろうか。でも、電話は事務室の中だ。事務室の中には入れない。警察に助けを求めることはできない。

閲覧室に大人が残っていないだろうか。

クルミはホールから、大きな声で呼びかけてみた。

「誰か、いませんか？」

返答はなかった。

ひとり残されてしまったのだ、とクルミは認めた。

自分が洗面所に行っているあいだに、図書館の職員は児童室を確かめ、もう子供はいないと判断してしまったのだ。ちょうど子供を迎えに来た母親がふたりいた。その母親と子供が一緒に図書館を出ていったところで、自分たちもそそくさと図書館の玄関口に施錠し、退館したのだ。ぐずぐずしていては、路面電車も止まる。職員たちも、なんとか路面電車に間に合うようにと、急いでいたのだろう。念のためにと、洗面所の中まで確認している余裕はなかったのだ。

館内が冷えてきている。暖房機が故障したとのことだったし、これからもっと寒くなるだろう。朝までには館内の気温は外と変わらないぐらいにまで下がるのではないか。つまり零下十度とか、それ以下に。

母さんが迎えに来てくれたら、とクルミは思った。図書館が閉まっていることに気づいて、どうするだろう。クルミはもう帰ってしまったと考えるだろうか。それとも中で吹雪が収まるのを待っていると思うか。いま館内には照明がついている。玄関まで来た母は、たぶん中にひとがいると思う。それからなんとかしてくれるだろう。

でも、とクルミは、外の吹雪の音に耳を澄ました。母の働く裁縫工場から図書館まで、もし電車が止まっていたら、母だって来るのは困難になる。車道も歩道も雪に埋もれた吹雪の中、母は歩いてやって来られるだろうか。どんなに心配していたとしても。図書館のひとが送ってくれるとか、日没前に早めに帰って、近所の家に行っているとか、そう考えて自宅にまっすぐ向かうのではないだろうか。

クルミはそこから先のことも考えた。帰っていないことに気づいたとしても、この吹雪だ。母は図書館までやって来られない。子供が帰っていないと警察に電話しても、たぶん警察だって動きようもない。朝まで、吹雪が収まるまでは、町は動かない。風の来ない場所で身を縮め、寒気と強風が通り過ぎるのを待つだけだ。いや、そもそも母は警察嫌いだ。たとえクルミの身が心配だとしても、警察には電話しないのではないか。どこかで吹雪を避けているはず、と思えるならば。

だから、とクルミは自分がすべきことを決めた。図書館から出ない。朝まで、吹雪が収まるまで、この中でじっとしている。児童室の棚のどこかには、膝掛《ひざか》けや毛布もあったと思った。小さな子供がよく使っていた。それらを探して、くるまっていよう。お腹《なか》も空《す》いてきた。ひもじいけれども、そのことを嘆《なげ》いたって、食べ物が出てくるわけじゃない。考えないようにしよう。図鑑の棚の本をもういちど開いて、眠くなるまで読んでいよう。

ホールから、児童室に向かう廊下へと歩き出したときだ。

電灯がすっと消えた。クルミは数を数え出した。すぐにまたつく。心配することはない。

でも、こんどは長かった。十を数え、十五になったころには、クルミは怖くなってきた。

このまま停電が続いたら。このまま二度とつかなかったら。

すうっと電球に小さな灯がともり、明るくなった。廊下の電灯はふたたび全部ついた。

廊下の奥に、ひとが立っていた。洗面所のドアの前あたりにだ。

クルミは思わず、悲鳴を漏らした。

「怖がらないで」と、そのひとが言った。

寒さに凍えているときのような、くぐもった声だ。

図書館のひとだろうか。

外套をまとった男性だった。長靴を履いている。耳当てのついた帽子にも外套にもズボンにも、雪がついている。いま吹雪の中からやってきたひとのように見えた。じっとこちらを見ている。

クルミはその場に立ったまま言った。

「洗面所に行ってるあいだに、みんな帰ってしまった。母さんが迎えに来るはずだったんです」

そのひとがまた言った。

「外は猛吹雪だ。これからもっとひどくなる。とても歩けるものじゃない」

男は、クルミの頭ごしに、ホールや事務室のドアに視線を向けたようだった。

クルミはいったん振り返ってから、男に言った。

「図書館のひとは誰もいない。本を読んでるひとも」

それから訊いた。

「おじさんは、どこのひとなの？」

男は質問の意味がわからなかったようだ。首をかしげた。

「どこ？」

「図書館のひとじゃないよね」

「違う」

「これからどこかに行く？」

「どうしてだ？」

「うちに帰りたいから」

「誰も迎えには来られないだろう」

男は廊下を進んできてクルミの脇を通り抜け、ホールに立った。壁や、天井や、階段や、掲示板に目をやりながら、まばたきしている。何かを懸命に確かめようとしているように見えた。

やがて男は、帽子を脱いだ。最初に見たときの感じよりも、若く見えた。と言っても、校長先生ぐらいの歳《とし》だろうか。無精髭を生やしている。頬がこけた、細い顔の男だった。なんとなく目もとは母を思い出させた。その輪郭も、目の色もだ。

男がクルミを真正面から見つめてきた。

「名前は何ていうんだい？」

クルミは、苗字《みようじ》を答えた。

男はかすかに微笑した。

「母さんはどう呼んでいる？」

「クルミ」答えてから男に訊いた。「ぼく、おじさんを知ってる？」

「いいや」と男は首を振った。「おじさんはクルミのことを知っているけど」

「母さんの知り合い？」

「ああ、知っている」

「おじさんの名前は？」

「大クルミだ」

「ほんとうに？」

「覚えやすいだろう」

「ぼく、母さんを待ったほうがいいの？」

「朝までここで待つしかない」

「暖房機も故障したって。中もどんどん寒くなると思う」

「クルミは、いままでどこにいたんだ？」

「児童室」クルミは廊下の突き当たりを示した。「子供の本だけ置いてあるんだ」

た。

「使っていない暖炉がある。どうして知っているの？」

「子供のころに、この建物を知っていた。その部屋で暖まろう」

悪いひとではないようだった。クルミは男の先に立って廊下を歩き、児童室のドアを開けた。

大クルミと名乗った男は、素早く部屋の中を見渡すと、暖炉のそばに屈《かが》み込んだ。暖炉にはガラス戸がはめられている。

男はそのガラス戸をはずして、暖炉の脇に置いた。冷たい風が暖炉の奥から吹き込んできた。

「煙突は生きている。暖炉は使える」

「どうするの？」

「火を焚《た》こう。ソファを暖炉に近づけるんだ」

男が手近のソファを押して動かし、暖炉に向けて置いた。

男は部屋の奥の棚へと行き、扉を順に開いていって、膝掛けと毛布を見つけた。クルミも、あとで出そうと思っていたものだ。

男は膝掛けと毛布をクルミに渡して言った。

「そこに横になって眠るといい」

「おじさんは？」

「燃やすものを探してくる」

部屋にひとり残されるのは心細かった。クルミは訊いた。

「一緒に行っていい？」

「ああ」

男のあとについて部屋を出た。男は廊下を進み、閲覧室に入って、テーブルのあいだを歩いた。閲覧室の隅には、ほかのものとは形の違う古い木の椅子《いす》がいくつか、まとめてあった。男はそこから椅子をふたつ取り、両手に提げた。

「どうするの？」とクルミは訊いた。

「薪《まき》にするんだ」と男は答えた。

つまり燃やすということなのだろう。朝になって図書館のひとが気づいたら怒るかもしれない。でも、なんとなく男のすることには理があると思えた。問題となった場合、男はきちんと言葉で、それがやむをえないことであったと図書館のひとを納得させるだろう。

男は出入り口の横にその椅子を運ぶと、次に本棚のあいだを歩いた。

本を探しているのだろうか？　まさか本を焚きつけにするわけではないと思うけれども。

男は、ひとつの本棚の前で足を止め、悲しげに首を振ってから、本を引っ張り出し始めた。手に取らず、床に落としていくのだ。クルミは驚いて、何の本棚か脇の表示を読んだ。国の歴史の本を集めた本棚だった。男は十冊ばかりの本を床に落とした。

「拾ってくれないか」と男は言った。

「本をどうするの？」

「焚きつけも必要なんだ」

「本を焚きつけにしていいの？」

「非常の場合は。それに、図書館なんかに置いちゃならない本もある」

クルミは、床に散らばった本を見て言った。

「この本は、そうなの？」

男に不服を言ったような声となった。少しは悲しくもあったのだ。

男が答えた。

「そうだ」

「本を燃やすのって、いやだな」

「本を燃やしたひとたちの本だよ」

意味がわからなかった。

「おじさんは、本が嫌いなんだね」

男は、クルミを見つめてきた。意外なことを言われたという表情だった。

「そんなことはない。大好きだ。あとで、おじさんが好きな本の話をしてあげるよ」

男の言うことはわからないままだったけれど、このひとの言うことを聞いても、間違いはないような気がした。

それでも両手で抱えることができたのは、半分だけだった。けっきょく、椅子と本を児童室まで運ぶのに、廊下を二往復した。

三度目に閲覧室に入ったときは、もう男は焚きつけ用の本を落としたりはしなかった。男は書架のあいだを歩き、途中で何度か立ち止まっては、本を抜き出した。四冊抜き出してから、男は全部の本の表紙をじっくり眺め、けっきょくそのうちの三冊をもとの書架に戻した。さっきと違って、本の扱い方がずいぶんていねいになっていた。

男は残った一冊をクルミに見せて言った。

「児童室に戻ったら、この本の中のひとつふたつのお話を、中身を縮めて教えてあげよう」

表紙の書名を見たけれども、何の本かはわからなかった。表紙に描かれた曲線の模様は、どことなく大陸の東にある国を連想させるものだった。

児童室に戻ると、男は古い椅子を暖炉に叩きつけて、脚や座板をばらばらにした。それから歴史の本を背からまっ二《ぷた》つに裂き、荒っぽく表紙をはぎ取って、本文が印刷された紙を千切った。

男は暖炉の火床に、ひねった紙の山を作った。慣れた手つきだった。男は分解した木椅子の脚などで、紙の上にやぐらを作った。

「もっとたくさん、紙をひねってくれ」と男が指示した。クルミは素直に、すでに裂かれた本の紙で、ひねった紙の棒を作った。

男は外套の隠しからマッチ箱を取り出すと、一本擦って紙に火をつけた。ひねった紙はすぐに燃え始めた。男はクルミが作った紙の棒も、どんどんくべていった。やがて紙の炎は、木に燃え移った。ぱちぱちと木が音を立て始めた。もうあとは追加の薪を入れていくだけで、朝まで持ちそうだった。

男が言った。

「暖炉のそばに寄りなさい。木がもっと勢いよく燃えてきたら、その汚い本も放り込むといい」

クルミは、毛布を肩にかけたまま、ソファから下りて暖炉の近くに寄った。

男が立ち上がった。

「どこへ行くの？」

「何か食べ物を探す」

「図書館の中には、何もないと思う。食堂もないし、事務室には錠がかかっているし」

「探しても、腹が減るだけかな」

「ぼくはお腹は空いていない」と、クルミは少し無理を言った。「それより、お話をお願いしていいですか」

「そうだな」

男は書架のほうに歩いていった。

さっき閲覧室から持ってきた難しそうな本とは別に、子供向けの本から何か選ぶのだろうとクルミは思った。

男は二冊の本を手に、暖炉のそばまでもどってきた。ひとつは大判の世界地図の本だとわかった。もう一冊は、『世界の国々』という書名の、写真集だった。

男はクルミの横に腰を下ろすと、最初に地図のほうを開いた。

「この町がどこにあるか、知っているかい？」

クルミは質問の意味がよくわからず、男に訊いた。

「この国の北のほうにあるんでしょう？」

「地図で指させるかな」

「できない。地図って、どう見るか知らない」

男はまずこの国の地図を開き、陸地と海との境がどこで、山や川がどのように表されているかを教えてくれた。次に、この町がどこにあって、首都はどこか、大きな港町はどこか、古い都がどこで、むかし大きな戦《いくさ》のあった平原はどこかを。次いで、もう少し広い範囲が示されているページを開き、国境を接する国々や、この国ともひとの行き来の多い国の位置を。最後には、地球上の大陸の全部と、遠い大陸にある国々のこと。

この男のひとは、とクルミは思った。学校の先生みたいに、たくさんのことを知っているんだ！

クルミはいくつか男に質問した。世界でいちばん大きな町はどこか、とか、世界一高い山のある場所とか、地図の中で町も道路もほとんど描かれていない場所には何があるのか、とか。男はていねいに教えてくれた。

地図を横に置くと、男は次に世界の国々のことを簡単に教えてくれた。農作物が豊かに収穫できる国、工場が多い国、鉱物資源に恵まれた国、貿易や海運で栄える国、貧しくて国民の多くが外国に働きに出ている国、植民地として外国に治められている国……。

自分たちのこの国がどのように生まれ、作られていったかも、男は教えてくれた。皇帝の一族が国を治めるようになった事情についても。

男はまた近隣の国の歴史も簡単に教えてくれた。その中には、王さまも皇帝もいない国がいくつもあると知って、クルミは驚いた。そんな国があることなど、想像したこともなかったからだ。民衆が武器を持って立ち上がり、王さまを処刑して、新しい国を作ったところもあるのだという。民衆が国の形をすっかり改めることを、革命、と呼ぶのだとも男は教えてくれた。

ずいぶんと話をしてから、「退屈していないか？」と男が訊いた。

「ううん」クルミは答えた。「初めて聞くことばかりだ。もっと話して。本のことを教えて」

男は、さっき閲覧室から持ってきた厚い本を、自分の膝の上で開いた。

「これは、大陸の東にあった古い国々についての本だ。当時の学者が書いた。古い時代に生きた、さまざまなひとたちの一生が記されている」

「どんなひとたち？」

「詩人や賢人、役人とか、武将、商人とか、仕事はなんであれ、立派に生きたひとたちだ。何人かの刺客《しかく》についても書かれている」

「刺客って？」

「正しいことのために、悪い王さまや皇帝を殺すひと、殺そうとするひとのことだ」

「殺すってことは、悪いことじゃないの？　それも、王さまや皇帝を殺すなんて」

「必ずしもそうではない場合がある」

男は目次を見てから、本の中ほどのページを開き、目を落とした。

「このひとのことを覚えておくといい。東の国の、ずっと昔のひとだ。このひとは学問を修めた賢い人だったけれど、世の中にはなかなか認められなかった。そうして三人目に仕えたひとに、ようやく学識を認められて尽くすことができた。しかしその主人は、ある悪人にむごたらしく殺されてしまった」

「どんな悪人だったの？」

「民びとを力で支配し、民びとを苦しめたんだ。この賢人は、いったんは山に逃げて主人の仇を討つ機会を待った。最初に悪人を襲ったときは失敗したけれども、悪人はその賢人を、忠義の厚いひとだと許してくれた。このひとは、もう一度その悪人を襲った。さすがに悪人も、二度も襲われたなら許すわけにはいかない。この賢人を殺そうとした。賢人はその悪人の上着をもらいたいと最後の願いを口にした。そのくらいならと、悪人が上着を渡すと、このひとは上着を剣で切りつけ、ずたずたにした。それから地面に逆さに立てた剣の上に自分の身体を投げ出して死んだ」

少しのあいだ、クルミは黙ったままでいた。男の話してくれたことが恐ろしかったし、よく理解できなかったのだ。この賢いひと、この刺客は、立派に生きた？　ご主人に忠義が厚いという点ではそうかもしれない。でも仇討ちをしようとして、二度も失敗している。最後は自殺。この人は、立派に生きたと言えるの？

男がクルミの顔を見た。まだクルミには難しい話だった、とわかったようだ。少し苦笑したかもしれない。

クルミは訊いた。

「そのひとの話、大きくなったら、わかるようになるかな」

「なる」と男は答えた。「お母さんの言うことをよく聞き、本を読み、でも大人たちの言うことを何もかも真《ま》に受けずに、疑いながら学べば、わかるようになる」

そんなにも条件がつくのだ。

「やっぱり難しそうだね」

ふとあくびが出た。

男が本を閉じた。

「もう眠りなさい。ソファの上で、毛布をかけて」

「おじさんは？」

「暖炉を見ている。眠くなったら、眠るさ」

風が建物の壁や窓に激しく当たった。何かがきしむ音もした。電球の明かりがすっと消えて、暖炉の炎しか見えなくなった。クルミはソファの上で眠る姿勢を取った。男が毛布をかけてくれた。

明かりはなかなかつかなかった。こんどこそほんとうの停電だな、とクルミは思った。暗い中で、クルミの意識もすっと暗くなった。

目覚めたのは、窓ガラスを通して入る外の光のせいだった。朝になっている。風が少し収まっているようだ。たぶんもう日の出の時刻は過ぎている。

児童室の外、廊下のほうで物音がする。靴音だ。クルミは上体を起こして、部屋の中を見渡した。男の姿は消えていた。壊した椅子はあとかたもない。暖炉の中を覗くと、本が何冊か燃え尽きぬまま黒く焦げて残っていた。

ドアが勢いよく開いて、部屋の中にひとが駆け込んできた。図書館のひとたちだ。

「あ、やっぱり」という声が聞こえた。悲鳴のようでもあり、安堵《あんど》の声のようでもあった。

「閉じ込めてしまっていたんだ！」

「大丈夫かい？　寒くないかい？」

母の声もその後ろから聞こえた。

「クルミ、ごめんね！　吹雪で迎えに来られなかったの！」

クルミは床に立って、母のもとへ飛び込んだ。

母がしゃがみ込んで、クルミを抱きしめた。

「寒くなかった？　お腹は空いていない？　怖くなかった？」

「なんにも」とクルミは答えた。「おじさんがいて、火を焚いてくれた。お話もしてくれた。だからなんにも、怖くなかった」

図書館の職員たちが顔を見合わせた。

「おじさん？」

初老の男性司書が訊いた。

「ここに誰かいたの？」

「うん」とクルミは答えた。「やっぱり閉じ込められたひとみたい。いないの？」

「いないよ、図書館の中にはほかには」

「でも、いたんだよ。ずっと一緒だったんだよ」

職員のひとりが暖炉の中を覗いて言った。

「坊やがひとりで暖炉を焚けるはずもないよな」

もうひとりが言った。

「遭難したひとが、入り込んでいたのかな」

図書館の職員たちは、不思議そうに顔を見合わせていたが、その男のことについてはクルミの目の前ではそれ以上何も言わなかった。

母がクルミの顔を真正面から見つめて言った。

「うちに帰ろう。お腹空いてるよね。朝ご飯食べなきゃ」

母がクルミに帽子をかぶせ、手袋をはめた。

「ほんとうにごめんね。外に出ることもできなかったの。電話もひと晩つながらなかった。心配だったけど、どうすることもできなかったの」

「大丈夫だよ」とクルミは母を安心させるために言った。「ほんとに怖くなかったから。本を見ていたから、ぜんぜん」

クルミは母に手を引かれて、図書館の玄関口を出た。公園は真っ白で、表通りまでひとの通った跡が続いていた。雪はたぶん三十センチか四十センチは積もったようだ。通りまで出ると、ほうぼうに吹き溜まりがあった。除雪電車が、目の前を通り過ぎていった。

クルミが六歳の真冬のことだった。その翌日には、町の中だけで吹雪のため遭難死した市民が十人以上いたと知った。みな道路で歩けなくなり、風を避けようもなくうずくまったまま凍死したのだ。数日後に吹き溜まりの下から発見された死体もあった。図書館の近く、獅子の門の外でも、吹き溜まりの下から男の死体が見つかっている。男の身元はわからなかったとか。七年前の猛吹雪に次ぐ被害だった。

その夜の図書館での体験は、日々積み重なっていく新しい記憶に、次第に下層へと追いやられていった。成長していくうちに、クルミはその夜のことも、その男のことも、現実のことと思えなくなっていった。恐怖と不安から妄想したことかもしれないし、あとになってから自分が書き換えてしまった記憶だとも考えられた。男からもらった知識も、男の言葉も、その後に読んだ本とか、別の大人から聞いた話と混ざり合ってしまったのかもしれなかった。現実に起こったのは、自分が吹雪の夜、図書館で眠ってしまったということだけだと。

そうしていつのまにか、それから四十年近い時間が過ぎていた。

いくつもの鉄格子の扉を抜け、何度も囚人服の上から身体検査をされて、ようやくその部屋に入ることができた。

調度の何もない殺風景な空間で、真正面にドアがもうひとつある。右手に簡素なスチールのデスク、その上に書類やらノートと、樹脂製のバスケット。バスケットの中には衣類が畳《たた》まれて重ねてある。

スチールデスクの後ろには、看守服の男がふたりいた。

看守のうち年配のほうは、男がこの刑務所に入ったときにすでにここに勤務していた。

その看守が、多少は同情か哀れみのこもった声で言った。

「二十五番。恩赦《おんしゃ》で、よかったな」

二十五番と呼ばれた男が黙ったままでいると、看守は続けた。

「一度目は従犯だったんだ。そこでやめておけばよかったものを。けっきょく二度目は二十年か?」

二十一年だ、と訂正したりはしなかった。囚人番号だって、本当は一千番台なのだ。長期囚なので、いつのまにか下二桁の番号で呼ばれている。刑期を訂正すれば、番号も同じように正確に呼ばせなければならないが、それは相手も嫌だろう。

看守は言った。

「殿下の立太子礼《りったいしれい》で、政治犯にも恩赦があるとは意外だけれどな」

看守は、デスクの上の書類やノートを指して言った。

「そこに署名を」

言われた通り、いくつも署名した。中身が何かはいちいち読まなかった。今朝恩赦を知らされたときに、口頭で説明は受けていた。必要なことはもう頭に入ったはずだ。

看守は次に、バスケットを顎で示して言った。

「預かった私物だ。確かめて、着替えろ」

二十五番は、指示された通りに私物をあらため、囚人服を下着まですっかり脱いで着替えた。二十一年前に自分が着ていた衣類が、さほど傷《いた》んでもおらず、劣化もしていないことが意外だった。

二十五番は訊いた。

「受け取ったカネで、どのくらい暮らせるんです？」

「物価は二十年前の五十倍だ。お前の受け取るカネの額は、四年前から改定されていない」

「つまり？」

「三日以内に働き口を決めなきゃ、餓死さ」

二十五番は、故郷の町の名を出して訊いた。

「あそこまで、汽車の切符は買えますね？」

「十分だが、この時刻に駅に着いても、きょうの列車には乗れるかな」

「許可でも必要なんですか？」

「燃料が足りないんだ。列車は何年も間引き運行している。切符を買えても、満員だぞ」

「監獄にいるあいだに、鉄道も道路もよくなっているかと思っていましたよ」

「帝国の周りは敵だらけだ。辛抱しなければならない」

外套は手に持ち、帽子と手袋は雑嚢《ざつのう》に入れた。表門を出るところで、外套を着込めばいいだろう。

「来い」と看守が言った。

ドアを抜けるとき、壁のカレンダーに目をやった。いまがいつか、何年の何月何日か、それをもう一度頭に入れた。

看守が言った。

「明日から天気は大荒れになるそうだぞ。数十年振りぐらいの猛吹雪になる」

廊下を囚人用の出入り口へと歩いた。看守が鉄板を張った扉を開けた。冷気がふいに身体を包み、二十五番は身震いした。

敷石の向こう、二十歩ほどのところに、門がある。門の向こうはもう表通りであり、市民の社会だった。自分の記憶通りなら、その門の外にはバスの停留所があり、道路の向こう側にジャガイモの畑が広がっている。もっともいまの季節、畑は一面の雪の下だろうが。

門衛が二十五番の姿を見て、門の脇にある通用扉の閂《かんぬき》をはずした。

通用口に向かって歩き出すと、後ろから年配看守の声がした。

「クルミ」と、看守は投獄される前の愛称で二十五番を呼んだ。二十五番は、その名で有名だったのだ。指名手配されていたときも、その愛称が本名に必ず併記されていた。

看守は続けた。

「もう戻ってくるなよ。今度入ってきても、おれはもういない。次の監獄暮らしは、きついものになるぞ」

クルミと呼びかけられた男は、振り返らずにうなずいた。助言に従う、の意味ではなく、ただ言われたことを理解したという意味で。看守にそのうなずきが見えたかどうかはわからない。かまわなかった。

クルミは、門衛が開けた通用口をくぐって、監獄の外に出た。このあとはバスで鉄道駅に行き、列車で故郷の町に向かうのだ。自分が十二歳まで過ごした町に。いましがた看守に列車の切符代を確かめたのはそのためだ。

クルミは、今朝、恩赦を知らされ、きょうの日付を意識したときに、子供のころ図書館で体験したことの一部始終をとつぜん鮮やかに思い出したのだった。あとになってからは、記憶の混濁か書き換えがあったのだろうとさえ思ったことの一部始終。猛吹雪の夜の、不思議なできごとを。

あれは記憶の改変や混濁などではなかった。すべて実際に起こったことだった。

クルミは釈放の手続きが済むまでのあいだに理解していた。自分はこのあと何をすべきかを。それは、自分が六歳だったあの夜に、もう決まっていたのだ。

錬金術師の卵

門の脇《わき》の照明灯が、門柱の真鍮《しんちゅう》のプレートをぼんやりと照らしている。

「伊佐木《いさき》記念美術館」

そのプレートの下に、木製の立て看板が立っていた。

「改装工事のため、休館中」

植月浩一《うえづきこういち》を乗せたタクシーはその門を抜け、美術館の車寄せで停《と》まった。標高九百メートルの避暑地は、もう初冬の趣《おもむき》だった。車から降り立って、思わずコートの襟に手をやってしまったほどの冷気だ。

きょうは、この私設美術館の展示室のひとつで、フランス料理とワインを楽しむことになっている。展示室では、とある美術品がガラスケースから出されているはずだ。今夜は、その美術品にまつわる伝説を話題にし、その伝説が真実かどうかを確認するという趣旨の、特別な食事会なのだ。そのために、主催者である美術館長は、東京の三田《みた》にある有名フレンチ・レストランのシェフに出張してもらったとか。喫茶室の厨房《ちゅうぼう》で、そのシェフと弟子たちが腕をふるう。

客は自分を含めて五人と聞いている。これにホストである美術館長が加わって、六人で

「そのとき」を待つ。いや、常識で考えれば、その時刻が来ても何も起こるはずはなく、けつきょくは六人が贅沢《ぜいたく》な空間で食事を楽しみ歓談するだけの時間となる。

右手にある駐車場には、大型の銀色のセダンが停まっていた。客の誰かのものだろう。
少し離れたところに、横腹をこちらに向けてミニバンも一台停まっている。警備会社の社名がボディに記されていた。

植月は腕時計を見た。午後六時三十五分。会食は七時からの予定だから、自分が遅刻したということはない。

真正面のエントランスに向けて歩き出すと、奥のほうからも人影が近づいてきた。
自動ドアが開いた。迎えてくれたのは、友人の伊佐木晴彦《はるひこ》だった。この美術館を運営する財団の理事長であり、美術館長だ。

亡くなった伊佐木の父親は、損害保険業界の大物だった。西洋美術の愛好家で、会社の資産として積極的に絵画や彫刻作品を集めた。引退する間際に、会社の出資で伊佐木文化財団を設立、同時にこの避暑地に美術館を建設して、会社所有のコレクションの大半を移した。
とくに北方ルネサンス絵画と彫刻が中心の美術館で、所蔵のルネサンス期の工芸品の質も高いという評判だ。印象派と印象派以後の絵画も、広い一室の壁を満たすほど所蔵している。

伊佐木が植月に言った。
「もうみなさんお着きだ。楽しみにしてくれている」

植月は自動ドアを抜けて、カーペット敷きのロビーに入った。さらにその奥にもうひとつ自動ドアがあった。二つ目の自動ドアを抜けると、そこは吹き抜けの明るいホールで、正面にはミケランジェロのダビデ像の模刻《もこく》が立っている。植月はダビデ像の左手から奥へと進んだ。庭に面して喫茶のスペースがあって、五人の男女が小さな声で話している。

伊佐木が談笑している客に近づきながら言った。

「植月さんが到着しました」

五人が立ち上がった。

ふたりは知っている顔だ。まず少し前まで東京近代美術館《とうきょうきんだいびじゅつかん》のキュレーターだった南川《みなみかわ》弘子《ひろこ》。ルネサンス美術の専門家で、西洋美術史についての著作がいくつもある。明るい色のスウェーターにショール、黒いスカート姿だった。

顎鬚《あごひげ》を生やしたスーツの中年男は、京都大学《きょうとだいがく》文学部の増田裕《ますだゆたか》だ。西洋中世思想史の専門家で、魔女狩りと錬金術も研究テーマとしている。その分野では、素人《しろうと》愛好家にも人気の研究者だという。

銀髪で品のいい初老の男は、初対面だ。

でも、伊佐木から電話で名は聞いていた。マイケル・チャン。シンガポールを拠点に海運事業を手がけている実業家。西洋美術品のコレクターだという。もしかすると、美術品の譲渡をめぐって、伊佐木と交渉中なのかもしれない。

そのチャンの隣りにいるグレーのスーツ姿の女性は、チャンの秘書だろうか。二十代後半と見える年齢で、姿勢がよかった。

もうひとり、黒いパンツスーツの女性は、映像制作会社のディレクターで、森谷明奈《もりたにあきな》という名前のはずだ。美術番組を多く手がけてきたと伊佐木から聞いていた。植月自身はきょうが初対面だ。

森谷はその美術品をめぐる伝説を知って、伊佐木にドキュメンタリー制作の協力を求めてきたらしい。伊佐木がきょうのこの会食を思いついたのも、たぶんこの森谷の提案がきっかけだろう。招待客のひとりではあるが、今夜は「そのとき」を映像に記録する役割を受け持っているはずだ。たぶん何人かスタッフも従えてきているに違いない。

伊佐木が植月を紹介した。

「植月浩一さんです。イタリア近世史が専門で、あの『錬金術師の卵』の伝説を、ぼくに教えてくれたのも彼です。八五年のフィレンツェでした。ぼくも若造だった」

そのときは植月もイタリア留学中だった。ローマからフィレンツェによく列車で行っては、美術館や教会をめぐっていた。その時期に伊佐木と知り合った、伊佐木は、いずれは父が設立する美術館で働くことになる、と自己紹介した。ほぼ同い歳《どし》だったこともあり、以来親しくつきあってきた。

伊佐木が植月のほうに顔を向けて言った。

「みなさんには、あらためてここの収蔵品をご覧いただいていた。チャンさんをご案内するのは、今回が初めてだった」

　植月は訊《き》いた。

「展示室は、もう支度ができているのかな？」

「『錬金術師の卵』は、ガラスケースから出してある」

「セキュリティのほうは？」

「通常の館内警備員のほかに、特別に頼んだ警備員がふたり。それに、うちのベテラン職員がひとりと、宝飾工芸の職人ひとりが、隣りの控室で待機している」

　映像ディレクターの森谷が言った。

「わたしのところのスタッフもふたり。もうカメラのほうもスタンバイしています」

「じゃあ、そろそろ」と伊佐木が言った。「錬金術師が言った、五百年先の未来が、きょうです。そのときが、もう少しです」

　森谷がうれしそうに言った。

「その呪いの日ですね」

　伊佐木は首を振った。

「呪いと言っていいのかどうか。錬金術師が、その事件のときにあることを予告した、その未来の当日がきょうということです」

七人全員が、一階の奥のフロアにある、その展示室に移動することになった。

そこは、窓のない、天井の高い空間だった。

学校の教室ふたつを縦につないだほどの広さで、前後に出入り口があり、それぞれ隣りの展示室に通じている。長辺側の壁には、ネーデルラントの画家の作品を中心とした油絵が掛かっている。

奥の出入り口の両脇には、ガラスケースが置かれていた。中に展示されているのは、十六世紀から十七世紀にかけてのヨーロッパの陶磁器だ。

部屋のほぼ中心には、通常は小振りのガラスケースがあって、四方から中の展示品を見ることができた。しかしきょうは、ガラスケースは片づけられ、その美術品が黒いビロードの布をかけた展示台の上にむき出しの状態で置かれていた。ある意味ではきょうの主役でもある『錬金術師の卵』だ。

白い卵形の磁器が、金属の台に支えられている。全体はちょうど、アンティークの地球儀と、これを支える四本脚の台のような形態だ。台の底面は大理石の板である。

その展示台の手前側に、大きめのテーブルがセットされている。展示台を真正面に見るように五人の客のための椅子、テーブルの両端にひとりずつの椅子が配されていた。白いテーブルクロスがかけられ、食器類がすでに並べられている。チャンの秘書のためのものか、箇素なデザインの椅子も一脚、四人並んだ客の席の後ろに置かれている。

カメラを載せた三脚が二台、用意されていた。テーブルの背後と、テーブル側から見て展示台の右側にそれぞれ一台ずつ。森谷の部下らしき青年がふたり、壁際のパイプ椅子に腰掛けている。青年たちはふたりとも、黒いTシャツに黒いパンツだった。

テーブルのある側の出入り口の脇に、黒服の中年男と、メイドふうの服を着た若い女性がいる。東京から出張してきているソムリエとウエイトレスだろう。

展示室の中に入ると、植月は展示台の前へとまっすぐ歩いて、少し背を屈《かが》めて『錬金術師の卵』を見つめた。ガラスケースから出された状態でこの卵を見るのは初めてだった。ほかの客たちも、展示台を囲んだ。

カメラマンのひとりが、三脚からカメラをはずし、手持ちでこの様子を撮影し始めた。すでに全員、撮影されることについては承諾しているようだ。

展示台の上のその「卵」は白磁製で、中は空洞だとわかっている。丸いほうを下に、尖《とが》ったほうを上に向けている。尖った部分には、ぐるりとめぐる、極細のラインがある。胴と同じ磁器の蓋《ふた》がはめられているのだ。蓋は直径十センチほどで、浅い皿状ということになる。蓋の表面には青い染料で、いくつかの同心円とその円上に球形の図が描かれている。

磁器の腰の部分に金属の輪がはめられ、この輪が卵の重量を支えている。輪の下に四本の金属の脚が伸び、その脚は大理石の板に埋め込まれていた。卵は大理石の板から一センチばかり浮いているのだ。輪から卵の先端部分で交差するように、二本の金属の板がちょうどリボンのように巻かれていて、卵が傾いたり上に抜けることを防いでいる。もっと言うならば、台からはずされないように卵を締めている。二枚の板は、卵の底面でも、十字の形に重なっている。

卵の胴の部分に、青い染料で何か記号のような模様が施されている。模様はひとつひとつ異なり、胴をぐるりと水平に回っている。

卵を支える金属の輪や脚は、精緻《せいち》な工芸品だ。黄銅《おうどう》と鍛鉄《たんてつ》の二種類の金属が使われ、蔓《つる》バラを図案化した彫金のベースに、幾種類もの宝石がはめ込まれている。輪と縦の箍《たが》の重なる部分には、繊細な銀線細工の蝶《ちょう》が置かれていた。

展示台の中にあった説明書きはそのまま、品の横に置かれている。

「ルネサンス期のトスカーナ磁器

ドガート家の磁器

(錬金術師の卵)

一五〇八年、ロレンツォ・コロンナータ制作」

伊佐木が客たちに説明した。

「財団がサザビーズを通して手に入れたものです。一九八八年のことですが。もちろん入手は父の意向です」

　映像ディレクターの森谷が訊いた。

「それまでの持ち主は、どなただったんです？」

「スイスの富豪だと聞いています」

　カメラマンが、やりとりしているふたりに近づいた。

　森谷はカメラに視線を向けることなく言った。

「編集の都合で、先日と同じ質問を繰り返しますが、この『錬金術師の卵』という磁器は、そうとうに有名な品なんですよね」

「十八世紀の終わりごろまで、メディチ家が所有しており、すでに有名でした」

「もともとメディチ家のものだったんですか？」

「いいえ。メディチ家の所有になったのは、たぶん一五五〇年ころです。それ以前は、やはりフィレンツェの、ドガート家の所蔵でした。というか、もともとドガート家のために作られた品なのです。台の大理石の板に、ドガート家の猪《いのしし》の紋章が浮き彫りされていますが、その下に彫られている数字が一五〇八。ドガート家の工房で制作された年です」

　伊佐木が、南川に言った。

「南川さん、よければここで、この作品の美術史的価値について、ちょっと話していただけますか？」

南川がうなずいて、バッグからタブレットを取り出し、何かファイルを呼び出してから、画面をほかの客たちに向けた。

植月も画面を覗《のぞ》き込んだ。男の肖像画が映っている。フリルの襟のついた上衣に剣。薄い口髭《くちひげ》と顎鬚の男だ。

南川が解説した。

「トスカーナ大公であった、メディチ家のフランチェスコ一世です。この肖像はマッローニという画家の作品と言われていますが、右手に見えている物がわかりますか？」

チャンが顔を『卵』に向けて言った。

「これだ」

「そうです」と南川。「自分の肖像画に描き込みたいほど、フランチェスコ一世はこの磁器が気に入っていたのです。この時代、すでにメディチ家に伝わる美術品の逸品として、この『錬金術師の卵』は世に知られていたのです。その愛称で呼ばれるようにもなっていました」

森谷が訊いた。

「ロレンツォ・コロンナータというのが、先日も聞かせていただいた錬金術師の名前ですね？」

「錬金術師と言われていた、出自《しゅつじ》のわからない人物の名です。ロレンツォというのは、発見された日のカトリックの聖人の名にちなんでつけられたものです。青い目、と呼ばれることもあったので、北方系の男だったのでしょう。コロンナータというのは、発見された村の名前です」

「発見というと？」

伊佐木が言った。

「それは増田先生に、あとでお話ししていただこうと思っています」

南川が解説を再開した。

ヨーロッパでは近世半ばまで、磁器が生産されなかった。中国からは景徳鎮《けいとくちん》の白磁器《チャイナ》が輸入されて珍重されていたが、磁器を焼くための粘土カオリンがないために、ヨーロッパでは磁器の生産は不可能だったのだ。各国の王侯や富豪たちが錬金術師を召し抱えて、研究と試作を繰り返したけれども、どうしてもカオリンなしで磁器を焼くことはできなかった。ザクセン地方でカオリンが採掘されて、マイセンで磁器が生産されるようになるのは、やっと十八世紀初頭、一七〇九年のことになる。

十六世紀の後半、トスカーナ大公だったフランチェスコ一世がフィレンツェの工房で制作した焼き物のことを、メディチ家の磁器、と呼ぶこともある。しかしこれは厳密には陶器である。軟質磁器という言い方をすることもある。ただし、フランチェスコ一世の不可解な死により、この技術もそこで絶えた。

この『錬金術師の卵』とも呼ばれている磁器は、フランチェスコ一世のその軟質磁器の制作よりもさらに七十年ほども前に、どこから伝わった技術なのかも不詳のまま、言わば奇跡のようにフィレンツェに生まれていた。錬金術師と雇い主とのあいだに不幸な事件が起こり、やはり技術は継承されなかった。でも、フランチェスコ一世が錬金術に凝り、磁器制作に没頭した理由として、この『錬金術師の卵』の存在を挙げる研究者もいる。ロレンツォのこの『卵』は、それほどに美術史的には価値があるものなのだ……。

南川が言った。

「フランチェスコ一世の財産目録によれば、メディチ磁器は八百二十点あったそうですが、いま残っているのが確認できるのは六十点ほどです」

「そのうちの一点が」と、伊佐木が展示室の奥のガラスケースを示した。「あの中にあります」

森谷が訊いた。

「この『卵』は、間違いなく磁器なのですか？」

伊佐木はうなずいた。

「当時のチャイナと同じクォリティの磁器であることが、採取した微量のサンプルの成分分析で確認されています」

「では、ロレンツォは、カオリンを手に入れていたのですね？　あるいは、合成に成功していたんでしょうか？」

　伊佐木が答えた。

「ごく少量のカオリンを発見していたか、中国から粘土を輸入できたのかもしれません。一五〇八年に制作されたのですが、そこで磁器制作は終わりとなりました」

「終わった理由というのが、先日教えていただいた不幸な……」

「殺人事件です。この『卵』が焼き上がった翌日に事件が起こり、ロレンツォは逮捕されて、ふたりの男を殺したとして処刑されました」

「殺された相手というのは？」

「ロレンツォの雇い主であるマッテオ・ドガートという大金持ちと、その護衛とされています。ただ、真相はよくわかりません。マッテオについては、死体も見つかっていません。裁判でも、ロレンツォは殺人をすんなりとは認めていないのです」

「正当防衛だったとか、事故だったということでしょうか？」

「その裁判の様子については、あとで植月さんから話していただこうと思っています」

　植月は、そうさせてください、という意味で森谷にうなずいた。

　森谷が南川に訊いた。

「そもそもこの卵のような形の磁器は、何なのですか？　蓋があるのですから、器なのだろうと思いますが、自立できないのですから、お酒を入れるにしても、花を飾るにしても、不便ですよね」

「高台《こうだい》も糸切もないので、たしかに実用的ではありません。非常に優れたろくろ技術で完璧な卵形が作られていますが、ロレンツォがふつうの壺《つぼ》や水差し形の磁器を作らなかった理由は、わかっていません」

「模様は、どんな意味なんでしょう？　白地に、青で模様が描かれていますが」

「それは」と増田が言った。「わたしから」

増田は指で「卵」の胴を示しながら言った。

「胴の部分にぐるりと描かれているのは、錬金術で使われてきた記号なんです。七つの惑星と、七つの金属を表現しています。上部の蓋の部分に描かれているのは、天体を示す図と解釈できるのですが、当時の錬金術、天文学であれば、天体図の中心に地球があって、外に七惑星、そして黄道十二宮のはずなんです」

ついで増田は、卵の尖端部分を指差した。

「ところがこの蓋に描かれているのは、中心に太陽。そして地球を含めた九つの惑星。その外に、かなり図案化された黄道十二宮なのです。つまり、地動説による天体図なんです」

森谷が言った。

「わたし、ちょっと混乱してきましたが、地動説が発見されたのはいつでしたっけ？」

「古代の天文学を無視して言えば、キリスト教世界ではコペルニクスが一五四三年に著書で発表しています」

「ロレンツォが処刑されてから四十年ぐらいあとですよね」

「三十五年後ですね」

「ロレンツォは、地動説を知っていた？」

「そう考えていいのかもしれません。そして」増田は磁器の底のほうを指差した。「底には不死鳥の絵と、ごくごく小さくロレンツォ・コロンナータの名が描かれています。ロレンツォはまるで近代のアーティストのように、自分のサインを入れているんです。当時の職人の習慣にはないことです」

「もうひとつ気になるんですが、正直なところ、この『錬金術師の卵』は、磁器としては、絵柄がシンプルすぎません？　あちらの〈メディチ家の磁器〉と比べると余計にそう感じるのですが」

南川が答えた。

「たしかに。この美術品の価値は、台の細工を含めてのものです。地球儀を載せる台に似たものですが、脚や輪を含め、この台の細工が見事なのです。当時のフィレンツェの鍛冶《かじ》職人、宝飾職人、アラバスター細工《ざいく》の職人、彫金レリーフ職人らが、この台の制作に関わっています。使われている宝石は、ルビー、サファイア、エメラルド、ジルコンやベリルなど十二種類です。磁器と、この台の全体で、ルネサンス工芸品の傑作のひとつという評価です」

ロレンツォの雇い主であるマッテオ・ドガートが亡くなったあと、ドガート家は次第に没落、トスカーナ大公国の初代大公、メディチ家のコジモ一世のときに世継ぎがいなくて絶えた。家系が絶える直前、コジモ一世がドガート家所有の美術品を購入するが、このとき譲渡された品のリストの中に、『錬金術師の卵』が入っている。リストでは、磁器は二点、あったことになっていた。

伊佐木が南川のあとを引き取った。

「そのメディチ家も、ご存じのように十八世紀前半に絶えますが、メディチ家の最後のひとり、アンナ・マリア・ルイーザは、メディチ家の美術品をすべてトスカーナ大公国に寄贈すると遺言します。でも彼女の死後、美術品目録が作られたときには、『錬金術師の卵』はなくなっていました。彼女はこの品にまつわる不吉な伝説を嫌っていたのだと言われ、早い時期に手放したのだと解釈されていました」

森谷が驚いた。

「二点とも行方不明となったのですか?」

「ええ、数年間は所在不明でした。でも一七五〇年になって、メディチ家とも親交のあったブルージュのグルートフーズ家に一点があることがわかりました。アンナ・マリア・ルイーザの死の数年前、訪ねたブルージュのグルートフーズ家の当主に、彼女がいくつかの美術品を贈呈していた、その中のひとつがこの『錬金術師の卵』だと、当時のグルートフーズ家は説明しています」

「もう一点のほうは？」

「消息不明です。メディチ家にあるあいだに、ほかのメディチ家の磁器と同様、散逸して記録が消えたか、壊れてしまっていたか」

「磁器よりも、台の宝石が必要になったのかもしれませんね」

伊佐木がうなずいて続けた。

「記録にあるほうの『卵』は、そこから何人かのもとに渡ったあと、一九八八年に父が手に入れました」

バブル経済の絶頂期だ、と植月は思い起こした。やはり日本の大金持ちが、ゴッホの作品を百億円近い金額で競《せ》り落としたのもそのころではなかったろうか。自分自身も、あの好況の余禄は受け取った。さして苦労もせずにイタリア留学ができたのも、あのバブル経済のおかげだった。

森谷がまた伊佐木に言った。

「この『錬金術師の卵』にまつわる不吉な伝説というのが、〝貴様を五百年先に送ってやる〟と、その錬金術師が呪いをかけた、という話なんですね。先日も少し伺いましたけど、もう少し詳しくお聞きしたいんですが」

「そこは植月さんが専門なんです。もしよければ」伊佐木はソムリエやウエイトレスを見やってから言った。「続きはテーブルに移って、食前酒でも飲みながらというのはいかがでしょう?」

みなが同意して、用意されていたテーブルに着いた。

「卵」に向かって左側の席に伊佐木。その反対側に南川。「卵」を正面に見る四つの席は、南川の側から増田、チャン、植月、そして植月の左隣が森谷だった。チャンの秘書の女性は、チャンの右側後方の椅子に腰掛けた。

食前酒が出て、少し雑談があった。

全員が話を止め、植月はみんなの視線を自分に向けさせてから、話し始めた。

「ロレンツォは出自がよくわからないのです。トスカーナ地方に、白大理石を産出する山地があるのですが、ロレンツォはそこの採掘場で発見された、とされているのです」

植月はざっと要約して話した。

その男がトスカーナで見つかったのは、一四八五年の春のことだった。フィレンツェの北西およそ百キロほどの距離にあるカッラーラの大理石の採掘場で、激しい雷雨がひと晩続いたあとに、岩盤の裂け目の中にいるところを石切り工たちに発見されたのだ。裸でうずくまっていたという。石切りの男たちと比べて背が頭ひとつ大きく、茶色の髪で青い目だった。頬髯《ひげ》、顎鬚が伸びていた。北方人だろうと、石切り場の工夫《こうふ》たちは想像した。二十代前半ぐらいの年齢の青年と見えた。

男はまったくトスカーナ語を話せなかったが、体格がよいので石切り場で工夫として働くようになった。最初は、青い目、と呼ばれていた。やがて彼はラテン語の読み書きができることがわかった。これを聞いたカッラーラのコロンナータ村の教区司祭が教会にロレンツォを呼んで、ラテン語で男と筆談した。

彼は、自分の生まれも育った土地も、どこでラテン語を学んだのかも覚えていなかった。なぜカッラーラの石切り場に現れたのかもわからない。気がついたら、石切り場の工夫小屋にいたのだという。

石切り場では、ロレンツォは石の中で膝を抱えて眠っているところを発見された、という話も伝わっていた。大きな大理石の塊を割ったところ、中にちょうど卵のような空洞があって、ロレンツォはその中にいたのだと。

植月がここまで話すと、森谷が不思議そうに言った。

「それは、司祭が書き残したことなんですか？」

「後の殺人事件の裁判のとき、その司祭が証言しているのです」

「その話が事実だとすると、大嵐のときに、記憶喪失になってしまったひとなんでしょうか」

「そう解釈できますね」

「ドイツとかスカンジナビアとか、北から来た男性なのかしら。ラテン語ができたんだから、アルプスを越えてローマを目指した神学校の生徒とか」

植月は森谷のその解釈を否定せずに続けた。

大理石の採掘場で発見されたロレンツォは、司祭の世話でカッラーラの小村コロンナータの町で暮らすようになった。そのうち彼は、海藻を集めて煮詰め、傷口の消毒剤を作って売るようになった。さらにブナの木屑《きくず》を乾留《かんりゅう》して、胃薬も作り出した。どちらもよく効くという評判で、ミラノやフィレンツェの医者さえ、ロレンツォに注文するようになった。

彼は、不思議な術を使うことでも評判になった。ロレンツォの家を訪ねた客は、まるでロレンツォが家のほうぼうで自在に炎を作り出すのを見た。何もないところで、ロレンツォが指を鳴らすだけで炎が上がるのだ。銅貨を銀貨のような輝きのコインに変えることもできた。いくつも予言が当たったともいう。錬金術師ではないか、という評判がトスカーナ地方一帯に広まっていった。

一五〇二年になって、フィレンツェの富豪のマッテオ・ドガートという男が、彼を召し抱えた。磁器を制作させるためだった。

ロレンツォは、マッテオの指示でフィレンツェの東の郊外、マッソリナ村の民家に移り住み、ここを工房とした。フィレンツェからおよそ十五、六キロほどの位置にある、小さな谷間の家だった。ドガート家の別荘に隣り合っていた。

ロレンツォは弟子を雇い、窯《かま》を設けて、磁器の試作に取り組んだ。粘土や必要な原材料の調達のために、毎年多くの金がマッテオからロレンツォに渡された。ロレンツォ自身は、毎年夏のあいだイタリアからフランス、アドリア海沿岸地方を旅行しては、磁器生産のための粘土を探した。しかし粘土は見つからず、代用品の化学的生産にも成功しないまま、時間が過ぎた。

工房設立から六年後の一五〇八年、ロレンツォはようやく磁器を焼くことに成功した。窯から最初の磁器が取り出されたのは、殺人事件があったとされる日の前日だった……。

ウエイトレスがやってきて、前菜を出していいかと伊佐木に訊いた。伊佐木がうなずき、ウエイトレスが部屋を出ていくと、中年のソムリエが入れ替わりにやってきた。

ウエイトレスがサービスワゴンを押して展示室に戻ってきた。植月はいったん話を止めた。

ウエイトレスは、ひとりひとりの前に前菜の皿を置き、ソムリエが料理ひとつずつを紹介した。

全員が前菜を食べ始めてから、植月は続きを話した。

「磁器が焼き上がった翌日、事件が起きます。ロレンツォと工房を訪ねてきたマッテオ・ドガートとが争い、ロレンツォがマッテオを殺してしまったとされるのです。ロレンツォは裁判にかけられて、翌月には処刑。ヨーロッパで磁器が最初に焼かれたのに、生産は続かなかったのです」

森谷が言った。

「今年が、その事件から五百年後なのだと」

「その通りです」と伊佐木が答えた。「当時はユリウス暦が使われていましたが、今年が五百年目で、きょうが問題のその日です」

「五百年目の意味を、もう一度教えていただけません？」森谷がちらりとカメラを持つ青年に目で合図した。「先ほど、呪い、という言葉は適当ではない、とのことでしたが。そもそも、そのときというのは？」

このあたりは、伊佐木ではなくまた自分が説明すべきだろう。

植月は森谷に言った。

「五百年前のきょう、その事件のときにロレンツォがマッテオに言ったとされています。〝お前を五百年先の未来に送ってやる〟と。マッテオは、工房から消えました」

カメラを持った青年がテーブルに近づいてきた。

伝承の核心部分だ。たぶん伊佐木はチャンにもすでに概略は伝えているはずだが、「その時刻」までに、いま一度この磁器にまつわる伝承のその部分は頭に入れてもらっておいたほうがいい。

森谷が確認した。

「とされている、という言い方には、何か意味がありますか？」

「そこでじっさいに何が起こったのか、よくわからないのです。殺人事件があったのかどうかさえ、記録を現代の常識で読むと、不可解なのです」

「そういう記録が、残っていることは残っているんですね？」

「ドガート殺害事件裁判は、当時のフィレンツェで大きな話題となりました。裁判の詳細が記録として伝えられているのです」

植月はこの時代のトスカーナ史を調べていて、多少史料を読んできたのだった。もちろんラテン語で記されたこの裁判記録は、十九世紀になって現代イタリア語に訳され、刊行されている。植月が最初読んだのは現代イタリア語訳のほうで、ロレンツォに興味がわいてから、フィレンツェにある国立中央図書館でラテン語版の当該箇所も読んでいる。傍聴した市民も、断片的な記録を書き記していた。

「殺人事件が」森谷は言い直した。「殺人かもしれない事件があった理由は、何なんです？」

増田が植月よりも先に、あっさりと答えた。

「女とカネです」

森谷がまばたきしたので、植月が補足した。

「マッテオ・ドガートの夫人が、ロレンツォと不倫関係にありました。もうひとつはおカネの問題ですね。マッテオはロレンツォに磁器を作るための経費として大金を渡していましたが、それが私的に使い込まれたか隠匿されているのではないかと疑っていたのです。この日マッテオが自分の別荘に行き、すぐ隣りの工房をいきなり訪ねて夫人の不倫が発覚した。それは、ロレンツォがついに磁器の制作に成功したその翌日でもありました」

「不倫がばれて、ロレンツォがマッテオを殺したのですか？」

「激昂《げっこう》したのは、むしろマッテオのほうです」

「ロレンツォとマッテオ夫人は、そのとき何歳くらいだったのかしら」

増田が植月の代わりに答えた。

「ロレンツォのほうはたぶん四十代前半。夫人は二十八歳でした」

植月は続けた。

焼き上がった磁器を取り出した日、ロレンツォは主人であるマッテオにはすぐには伝えなかった。間違いなく望んだ通りの磁器ができたか、確認してから伝えようとしたのだとロレンツォは証言している。そしてその翌日は、ロレンツォの工房をマッテオの夫人、ビアンカが訪ねることになっていた。ふたりは数年のあいだ、愛人関係にあったのだ。夫人は翌日の昼過ぎには別荘に来て、ロレンツォの工房を訪ねた。

ところが、弟子のひとりを通じて、その朝にはマッテオは磁器が完成したことを知った。マッテオは、ロレンツォが自分にすぐに完成を伝えなかったことを不審に思った。以前から疑っていたことだが、製法の秘密をよそに伝えようとしているのではないかという疑念がいっそう強いものになった。工房へと急ぐと、別荘には妻の馬車があった。マッテオは護衛ひとりと共に工房に向かい、ロレンツォの寝室へと押し入って、同衾《どうきん》しているふたりを見つけた。マッテオは護衛の剣を手にして、ロレンツォに切りかかった。

ロレンツォは半裸で工房へと逃れたが、マッテオと護衛が追ってきた。マッテオは、工房の隅にロレンツォを追い詰めると、さんざんにロレンツォを罵《ののし》った。自分の妻との同衾の場を見てしまったのだ。罵倒《ばとう》は激しいものとなった。

石切り場の私生児、裸の浮浪者、北の蛮族、いかさま師、野良犬野郎……。

どこの馬の骨とも知れぬお前には、分不相応な待遇をしてやった、とマッテオは言った。なのに貴様は、ドガート家の誉《ほま》れに泥を塗ってくれた。妻を騙《だま》して凌辱《りょうじょく》し、夫の自分を笑いものにしてくれた。貴様など人間じゃない。女狂いの異教徒、蛮人、山猿……と。

裁判に証人として出たロレンツォの弟子は、隣室で耳にしたとして、これ以上の悪罵《あくば》を証言している。おそらく事実は、法廷でも口にできないほどの、反キリスト教的な言葉もあったのだろう。

やがてマッテオの悪罵が聞こえなくなった。代わって聞こえてきたのは、悲鳴だった。マッテオの護衛の声だった。

ついでロレンツォの悲鳴が聞こえた。弟子たちは、ロレンツォが殺されたかと思った。部屋に入って争いを止めようとしたが、ドアは開かなかった。しかしやがて、ロレンツォの呪《じゅ》詛《そ》に満ちた声が聞こえてきた。

貴様の家名の誉れだの、女房の貞節やら名誉やらと、言いたいことをほざいてくれたな。

貴様の家がそれほどのものであれば、百年後のありさまを自分で見てみるといい。いや、五百年ではどうだ？　そのときドガート家はトスカーナの富を独り占めしているか？　教皇を出しているか？　それともその名さえ伝えられていないか？　自分で確かめてみるといい。貴様を未来に送ってやる。きょうから五百年先の未来にだ。

弟子たちは、マッテオがロレンツォをまさに殺そうとしているところだと思った。なんとかドアの施錠を壊してその部屋に飛び込んでみると、マッテオの姿はなかった。工房の隅、実験器具や工作器具が並ぶ工房の隅に男が倒れていた。マッテオの護衛だった。護衛の身体《からだ》からは、煙が立ち昇っていた。直前まで炎に包まれていたかのように見えた。

部屋の中央のテーブルの上に、ロレンツォが上体を倒してもたれかかっていた。右腕に傷を負い、血を流していた。テーブルの上には、前日にできたばかりの卵の形の磁器が複数、木製の台に支えられて並べられている。すべての器の口が、蓋でふさがれていた。まわりに少し血がついている蓋もあった。ほんの少し前に、ロレンツォが器に蓋をしたのだと見えた。

マッテオの夫人がロレンツォに駆け寄り、傷の様子を診《み》てから訊いた。

マッテオはどこなの？

ロレンツォはテーブルに並んだ器を示して言った。

〝未来に送った。きょうから五百年先の未来に〟

そこに、マッテオの別荘の使用人が飛び込んできた。

旦那さまはどこです？

部屋の中も、庭も、寝室も、いや工房と住居と、窯のある裏庭全体を調べたが、マッテオの姿は見つからなかった。ロレンツォの傷からの血以外には、血の痕《あと》もない。ロレンツォたち三人が工房に駆け込んでいってから、弟子たちがドアを開けるまで、別荘の中庭を一周するほどのときしかたっていない。でもそのあいだに、マッテオは消えてしまったのだ……。

森谷が訊いた。

「工房には、焼却炉でもあったのかしら」

「外には、磁器を焼く窯がありましたし、水車を使った石の粉砕機もあった。錬金術のための薬品を溜めた水槽もいくつも」

「それでも、血とか肉片とか骨とかも出てこなかったのでしょうか。科学捜査研究所なんてものは当時なかったでしょうけど、なのに判決は死刑？」

植月は、森谷への答はあとまわしにして、事件の経過の先を続けた。

フィレンツェに使いが走り、市政庁の役人たちが駆けつけてさらに大がかりな捜索が行われたが、やはりマッテオは見つからない。三日後、工房で監視つきで傷の手当てを受けていたロレンツォは、マッテオと護衛のリコ殺害のかどで逮捕された。

取り調べで、ロレンツォはふたりの殺害を否認した。身を守ろうと工房の中を逃げているとき、護衛は突然に炎に包まれて燃えたのだと。マッテオについては、未来に送ったのであって、殺したわけではないと。

しかし、争いの場にはひとつの焼死体があり、ひとりが消失しているのだ。殺人があったと役所は判断し、ロレンツォを起訴した。

裁判が始まった。フィレンツェの市民の関心を呼ぶ裁判となり、政庁の大広間を使って行われた裁判には、毎回二百人以上もの傍聴人が詰めかけた。なので公式の公判記録とは別に、傍聴した市民による断片的な文章も何十点か残されている……。

植月がそこまで話し終えると、しばらくのあいだ誰も声を出さなかった。そこまで子細な裁判記録があったことに驚いている様子だった。

すでに料理は、スープへと進んでいる。ただ、みなあまりワインは口にしていない。

伊佐木の前からスープ皿が下げられたところで、彼は時計を見た。つられて植月も自分の時計を見た。午後七時四十分だ。「そのとき」まで、まだたぶん一時間くらいはあるはずだ。事件は、当時のトスカーナの午後、おそらくは午後の二時前後に起こったと推定できるのだ。

ウエイトレスがやってきて、魚料理を出していいかと伊佐木に訊いた。伊佐木がうなずき、ウエイトレスが部屋を出ていくと、中年のソムリエが入れ替わりにやってきて、みなの注文を聞いた。

全員が魚料理を食べ始めてから、また森谷が言った。

「いまの裁判の場面の再現、たいへん面白く伺いました。でも、護衛がもしロレンツォに薪《まき》か何かで反撃されて死んだのだとしても、正当防衛ということになりませんか？　ましてや、マッテオのほうは死体も見つかっていないんですよね。ロレンツォも、未来に送ったと尋問に答えただけで」

増田が言った。

「五百年先の未来に送った、と」

ここから先は、増田のほうが詳しいかもしれない。植月は、森谷の質問に答えることはしばらく増田にまかせることにした。

「この錬金術師、ロレンツォは」と増田。「それまでにも猫などの生きた小動物を、ごく近い未来に送ったことがあると、伝わっているのです」

「未来に、どのように送ったのでしょう？」

「たとえば銀のプレートの上に猫を置き、やはり銀の深い蓋をかぶせます。ロレンツォが何か呪文めいた言葉を唱えてその蓋を持ち上げると、猫は消えている。それからたとえば脈百打つほどの時間の後に蓋をもう一度プレートにかぶせ、持ち上げると猫が戻っている。ロレンツォは、自分は猫を少しだけ未来に送ったのだと説明しました」

森谷は、愉快そうに言った。

「手品にもありそうですね」

「最初は当時のトスカーナのひとたちもそう考えた。何か仕掛けがあるのだろうと。どうしても信じないひとたちのために、ロレンツォはまだドガートに雇われる前のあるとき、まず自分の工房で猫を消してから、工房から丸一日かかるような距離の村に行き、ひと晩を過ごした。猫を消した村のひとには、明日の朝、鶏が鳴いたあともう一度蓋をかぶせて十三数えてから蓋を取るといいと言い残していった。ひとびとがそのようにしてみると、猫が戻っていた。夕方、ロレンツォは自分が行っていた村の人物を数人連れて戻ってきて、自分がひと晩遠くにいたことを証明させた。生き物を未来に送ることができる、というロレンツォの術のことは、以降信用されるようになった」

「じっさいは、どんな仕掛けだったのでしょう？　工房に残ったひとの中に、弟子とか協力者がいたんですよね？」

「協力者のいるはずがない集まりの中でも、ロレンツォは同じような術を成功させていたのです」

「もしほんとうに未来に送れたとして、それは一日先までだったのですか？」

「いいえ。術の披露を求めたひとに対して、おまけのように小さな生き物をもう少し先の未来にまで送ってみせた。目印をつけた小動物などです。その動物が消えて半年後、あるいは一年後、錬金術師がその場から立ち去った後の、彼が言った通りの未来に、そうした生き物が出現しました。あの錬金術師の術はほんものだと、評判は確かなものになっていきました」

「一年後までは、確実に送れたのですね」

「そういう伝承がある、というだけです」

「伝承はまったくの嘘《うそ》だと？」

「情報が少ないままに想像すれば、集団催眠とか、心理トリックがあったのかもしれません。噂《うわさ》が少しずつ事実から離れていったとも考えられるでしょう」

植月は自分の解釈のひとつを口にした。

「そのような物体転送術については、協力者はいなかったかもしれない。でも、噂を広めることには、協力者はいたのかもしれません。十五世紀であれば、いったん活字になったことは、検証抜きで事実として広まったという風潮もあったでしょう」

森谷がさらに増田に訊いた。

「その錬金術師は、ほかにも超能力を持っていたのでしょうか」

「いくつか予言をした、と言われています」

「たとえばどんな予言でしょう？」

「ひとつは、スペインによる国土回復運動の完了とか」

南川が言った。

「スペイン南部のグラナダ陥落が、一四九二年です」

増田が、ありがとうと言うように南川に頭を下げてから続けた。

「同じ年に、コロンブスが西インド諸島を発見していますが、ロレンツォはこのコロンブスのアメリカ大陸発見についても予言していました」

森谷が言った。

「予言というのは、しばしばそれがじっさいに起こってから、前の言葉が予言であったと再解釈されますね」

「これも、そうかもしれません」

魚料理が終わり、口直しとなったところで、それまで黙って聞いていたチャンが口を開いた。

チャンの言葉が終わると、秘書が日本語で言った。

「裁判がどうなったかについて、その先も教えてもらえませんか？」

植月が答えることだ。ちょうど含んだばかりの白ワインを飲み込んでから、植月は裁判のその後について語り出した。

「裁判官は、ロレンツォが炎を自在に出現させる術を持っていたこと、さらに小動物を未来に送る術を持っていることを証人たちの証言から確かめました。そのことから、護衛のリコは突然燃えたのではなく、ロレンツォに燃やされたと認定、さらにマッテオを五百年先の未来に送ったという言葉も、ロレンツォが遠回しに殺人を認めたのだと判断し、ふたりの殺害の罪で死刑判決を下したのです。その二週間後に、ロレンツォは処刑されました」

「でも、ロレンツォは、殺害を認めていないんですよね？」

植月は答えた。

「五百年先の未来へ送ったのだと」

「それなら」と、チャンが言った。「なんとなくわかってきました。伊佐木さんがこの伝承にこだわる理由が。その人物が五百年後に生き返る、ではなかったんですね」

伊佐木がチャンに頭を下げた。

「先日のわたしの説明が言葉足らずでしたね」

「死体が残っていたのなら、生き返る、というでまかせもありうるかなと考えていたんだ。でも、遺体が見つかっていないのなら、生き返りようもない」

植月は言った。

「ロレンツォは、錬金術や魔術も使うという噂のあった男です。死体を消すことは容易だったろうと、マッテオの死体が見つからないままに、裁判官はふたりを殺したとして彼に死刑を宣告したのです」

「かなり無理のある判決ではありませんか？　死体が見つかっておらず、本人の自供も、血の痕もないのなら、マッテオの殺人罪に問うこと自体が無茶だ」

増田が言った。

「十六世紀初頭といえば、ヨーロッパの各地でまだ魔女狩りがあり、魔女裁判が繰り返されていた時代です。魔術も、悪魔も、まだ信じられていました」

チャンがまた植月に訊いた。

「五百年先に送ったというのが、ロレンツォの言い逃れだとして、どこに送ったというのだろう？　それだけでは、供述として不完全のように感じるが」

「判事が同じ質問をしています。しかしロレンツォは、自分の名がマッテオを呼ぶところだ、と答えているのです」

「自分の名が呼ぶ？」

「その部分は少しわかりにくい記録ですが、そのように答えたようです」

「あの器の底には、ロレンツォが自分の名を書きつけているとのことだが」

森谷が、『卵』に顔を向けて、気味悪そうに言った。

「もしかして、あの『卵』の中に、マッテオの身体の一部が入れられたってことですか？」

植月も『卵』に目をやって言った。

「ロレンツォの供述ですが、錬金術師としてロレンツォは事件現場で、自分が完成させたばかりの器の中にマッテオを送り込んだ、という大ぼらを吹いたのだ、という解釈がひとつあります。もうひとつ、ロレンツォは、陶工として、職人として、ヨーロッパの最初の磁器を完成させました。自分が処刑されそうだというこのとき、自分の名を入れたこの作品が長く残ることを期待したと、その言葉を解釈することもできます」

「自分の名が、作品と共にマッテオの名よりも長く残ることを願った、ということかな」

「ええ。ただ、そんな希望を、あからさまに答えるわけにはいかなかった。マッテオの遺族が磁器を砕いてしまうかもしれなかったからです。だから、そのような言い回しとなった、というのが、最近わたしが気に入っている解釈です」

南川が言った。

「あの卵の台の形をもう一度見て欲しいのですが」

全員が『卵』に目を向けた。アンティークの地球儀とその台のような形の美術品に。

南川が言った。

「磁器は一五〇八年の十一月に完成しました。でも、卵を載せる台ができたのは翌年です。置きにくい卵形の器の台とはいえ、台の装飾がやや過剰かとは、誰しもが感じるところでした。この台は、当時のフィレンツェの工芸職人の腕の粋《すい》を集めたような工芸品です。でも、当主を未来に送られたとされるドガート家には、この台を作るだけの理由があったのです」

チャンと森谷が南川に目を向けた。答はもうわかったという顔だ。

南川が言った。

「ドガート家の遺《のこ》された家族も、マッテオが五百年先にこの『卵』の中に送られるのだと信じようとした。少なくとも死んだことさえはっきりしていないところに、復活が予言されたのだと。だから『卵』が壊されることなく、五百年先まで残るように、価値ある台を作ったのです。輪と箍にはめ込んで、金属が重なる部分には繊細な銀線細工まで置いて。つまり、誰かがこの台を分解しようとしたり器の蓋を開けようとしたなら、台は二度と同じ形に復元できません。その瞬間にこの工芸品の価値もなくなってしまう。いやでも大切に、このまま所有し続けなければならないのです」

チャンが微笑して言った。

「興味深い伝承であり、解釈だ」

伊佐木やほかの客がチャンに顔を向けた。

チャンが続けて言った。

「わたしは、その伝承自体は楽しい虚構としてしか受け取れない。死体が、いや、その被害者が、今夜、生きてこの器の中から出現するとは思わないがね」

伊佐木がチャンに微笑を返して言った。

「当然です。ただ、せっかくの五百年後です。あの卵に何か仕掛けがしてあって、蓋が開くのかもしれません。ロレンツォがいたずらを仕組んだのであれば、それを想像するのも楽しいかと」

「満足な時計技術もない時代に、正確に五百年後に動き出すようなどんないたずらを仕組むことができるかね」

「見当もつきません。でもロレンツォは」伊佐木は『錬金術師の卵』を指差して言った。

「イタリアにカオリンがない時代に、この通り磁器を作っているのです。いくつもの彼が残した奇跡めいた仕事のひとつです」

増田が言った。

「いま思い出しましたが、二千年前の弥生時代の遺跡から発掘された蓮《はす》の実が開花した、という事実もあります」

森谷が言った。

「ああ、大賀《おおが》ハスのことですね」

「じつを言うと、生き物を一日未来に送ることができたという伝説よりも、五百年先に送る、という言葉のほうが、わたしには何かしらの科学性のある話に感じられます」

チャンが増田に訊いた。

「マッテオの細胞の一片でも器に入れたのだろうか。五百年後にクローンとして復活させるために」

「ロレンツォが大嵐の日に大理石の岩盤の割れ目から発見された、という伝承が、あらためて気になります。そこには化学的変成の少ない容器と、たっぷりの水と、高電圧があったのです」

「つまり？」

「ロレンツォの出現は、大理石の容器に保存されていた胚《はい》に、再生のスイッチが入ったのだ、と解釈するのはどうでしょう？　ロレンツォ自身がそのように、どこかから送られてきた人間だったとは考えられませんか？」

「当時の人類が、そういう技術を持っていたろうか」

「彼の場合は、逆に未来から送られたのかもしれませんね」

「わたしには、そういう解釈も科学とは聞こえないな」

すでに料理はメインも終わるところだった。植月は時計を見た。午後の九時になろうとしていた。話がはずんだせいで、ずいぶんゆっくりの会食となっている。待つべき「そのとき」はもうたぶん終わりかけだ。いや、過ぎてしまったかもしれない。期待したようなことは何もなく。

デザートが終わって、ソムリエがまた客から注文を聞き、それぞれに食後の飲み物を出した。

緑茶をひと口飲んでから、チャンが言った。

「じつを言うと、伊佐木さんから曰《いわ》く付きの美術品と聞かされて、それにまつわる言い伝えはもっとおぞましいものかと思っていました。こちらの方がおっしゃっていたような、錬金術師の呪い、とでも呼ばれるような。でも、さほどのものではなくて、安堵《あんど》していますよ」

伊佐木が言った。

「おぞましい曰くであれば、みなさんをここにご招待はしていません」

森谷も微笑した。

「わたしも、呪い、というのは言い過ぎでしたね」

チャンが言った。

「どうだろう、伊佐木さん。そんな伝承を理由にしての今夜の会食、とても楽しかった。この美術館のほかの収蔵品にも、それぞれ同じくらいに魅力的な伝説があり、解釈があるにちがいない。収蔵品に対するあなたの愛情の深さもわかった。わたしは今夜、心を決めましたよ」

ほかの客たちが、チャンに顔を向けた。植月もチャンの横顔を見つめた。何のことだろう。チャンがここに来た理由は、ほかの面々とは違うということか？

伊佐木が全員を見渡して言った。

「じつは、財団はチャンさんと、この美術館の収蔵品の一括での譲渡を交渉していたのです。どうやら、まとまったようです」

チャンが言った。

「美術館を残して欲しい、という条件は呑《の》めなかった。でもそっくり、シンガポールのわたしの美術館で引き受ける」

「ありがとうございます」と、伊佐木がチャンに頭を下げた。

「ひとつだけ」チャンは秘書を振り返った。秘書はすぐアタッシェケースから、表紙のついた書類を取り出した。「せっかくだ。みなさんに意見を聞かせてもらいたい。二十年以上前に、ロンドンで売りに出た工芸品の概要なんだ。これは、複数あったというドガート家の磁器だろうか。ロレンツォ制作の」

植月は秘書からそのファイルを受け取った。何度もコピーを繰り返したらしい書類が挟まっている。モノクロの、不鮮明な写真が二点と、数行の解説。写真は、全体のものと、底の部分の絵柄を大写しにしたものだ。外観は、ここにある『錬金術師の卵』とよく似ていた。

写真の下には、こう書かれていた。

「ドガート家の磁器

一五〇八年　トスカーナ

ロレンツォ・コロンナータ制作」

それに寸法。模様。台の細工の詳細。

ここにある『錬金術師の卵』とほぼ同じものと言っていい。植月は、この書類の意味を考えた。つまり、これは少なくともふたつ作られてメディチ家の所有となった磁器のうちの、おらくは片割れだろう。こちらの『卵』の模造品という可能性もないではないが。

書類が客たちのあいだを回って、最後に伊佐木が読んだ。

伊佐木は顔を上げて、チャンに言った。

「どうやら行方不明だったもうひとつの『卵』が、世の中に出てきたようですね。わたしは、これが現存していることを知りませんでした」

チャンがほかの客たちを見渡した。南川が、おそるおそるという調子で言った。

「先ほどわたしは、十六世紀にドガート家からメディチ家に、ふたつの磁器が渡ったとお話ししました。そして二百年後のアンナ・マリア・ルイーザのトスカーナ政府への美術品寄贈リストにはすでに、『錬金術師の卵』の名はなかった。その二百年のあいだに、ふたつの磁器は別々の愛好家の手に渡っていった。もうひとつも、メディチ家が懇意にする誰かに贈られたのかもしれません。そしてこちらの磁器については、所有していた家ではその価値が忘れられていたのではないかと思います」

チャンは南川に確認するように訊いた。

「そちらも、本物かね？」

「記されている情報を読む限りでは、そう思えます」

伊佐木が訊いた。

「もうお持ちなのですか？」

「いいや」とチャンは首を振った。「ここの『錬金術師の卵』について情報を集めているうちに、この品のことを知った。あなたの父君がサザビーズで落札して話題になる少し前に、ロンドンで取引きがあったんだ」

伊佐木を含め、みなが黙り込んだ。世界で唯一の美術品と思えたものは、本来双子作品のうちのひとつだった。しかしもうひとつは、すでにこの世には存在しないものと思われていた。でも、長い時間の堆積《たいせき》を突き破って、突然この世に出現したということか。所有者が、その磁器がどんなに由緒《ゆいしょ》あるものかに気づいて、世に出したのだ。もっとも、だからといってここにある『卵』の価値が減じるわけでもないはずだが。

チャンが言った。

「最近、またこの磁器が動いた。フランスの資産家が、その別荘にある自分のコレクションの一部を、ロシアの富豪に売ったらしいんだ。その中に、このドガート家の磁器があったとか。業界の表面に出てきた情報ではないが」

みなが黙ったままなので、チャンは言った。

「詐欺がばれたような顔をしないでくれませんか。そんなことを言っているんじゃない。わたしはこの『卵』が気に入っている。世の中にもうひとつあったとすれば、ロレンツォの磁器制作はまぐれではなかった。フェイク品が残ったわけではない。わたしはヨーロッパで最初に作られたふたつのうちの磁器のひとつを手に入れるんだ。そういうことですよ」

森谷が振り返って、カメラマンに指示した。

「止めて。もういいわ」

植月が高原のその会食から東京に帰って三日目の朝だ。伊佐木から電話があった。

「いま、いいかな」

　少し高ぶっているような声だ。たしかに午前八時という時刻、仕事の電話をするには早すぎる。何かトラブルでも起こったか？

　ふとチャンの顔が頭に浮かんだ。

　伊佐木が言った。

「三日前、モナコで、ひとが三人死ぬ事件があった。知っているか？」

「いいや」と植月は答えた。

「あるロシアの富豪の別荘に、男が侵入した。男は富豪と、客のサウジアラビア人、それにボディガードの三人を殺し、もうひとりのボディガードにも傷を負わせたあと、撃たれて死んだそうだ」

　伊佐木は先を教えてくれた。

　事件が起こったのは、日本時間ではあの日、自分たちがあの『卵』の前で会食していた、まさにその時間帯だ。現地時間では午後一時過ぎだという。ボディガードの証言では、侵入者は、別荘のサロンの骨董《こっとう》を並べた棚の中から突然現れて、そのロシア人に長剣で斬りかかった。侵入犯は裸で、凶器となった長剣は富豪のコレクションであるルネサンス時代のものだった。報道は、事件には政治的背景があることを匂わせている……。

　植月は思い起こした。あの日、チャンが見せてくれた、もうひとつの『錬金術師の卵』についての書類。こちらと同様に蓋を封印された器。

もしかすると、あの錬金術師の呪いの意味を、この事件は解いてくれたのではないだろうか。

伊佐木が言った。

「チャンももう知っているかもしれないが、この件は伝えて、訊くつもりだ。もうひとつの『錬金術師の卵』を買った人物は、このロシア人なのかと」

「答を聞いたら、おれにも教えてくれ」

「もちろんだ」

通話を終えてから、植月は思ったのだった。

そのロシア人の髪と目は、何色だったのだろう。チャンはそこまでの情報を持っているだろうか。

追奏ホテル

そもそもは、彼女がその思いつきを口にしたことが発端だった。

「この日に泊まってみたかった。この日、ここにいたかったな」

高橋大貴《たかはしだいき》は笑ったのだ。

「八十五年前のその日ってのは、たしかに面白かったかもしれないけどさ」

無理を言うなよ、とまでつけ加える必要はなかった。亜紀子《あきこ》だって、冗談のつもりで言っている。ならば大貴も、亜紀子の妄想に軽く応えておくだけでいいのだ。

でも。

その古いホテルがとうとう年内いっぱいで営業をやめることになったと知って、高橋大貴はすぐに旅行を決めたのだった。

正確に言えば、森《もり》亜紀子が廃業のニュースを知って、大貴を誘ってくれたのだ。自分が手配する、とも彼女は言った。

亜紀子とは知り合ってこの二年のあいだに、アジアの三つのクラシック・ホテルに一緒に泊まった。そもそも最初に知り合ったのが、ホーチミン市のマジェスティック・ホテルだったのだ。彼女もクラシック・ホテル宿泊を趣味にしていると知って、ふたりはその旅行の後半を共にし、帰国後もつきあうようになった。亜紀子は大貴よりも一歳年上で、そのとき二十七歳だった。以来、国内国外含めてのクラシック・ホテルに泊まる旅を重ねてきた。

この大連《だいれん》では、ふたりともそれぞれ知り合う前に、旧ヤマトホテル、いまの名でいえば大連賓館《ひんかん》には泊まっていた。そのことを話題にしたとき、大連でもうひとつの有名なクラシック・ホテル、大連ルフラン・ホテルに泊まりたいとも話が合った。ヤマトホテルは南満洲《みなみまんしゅう》鉄道《てつどう》が満洲各地に建てたチェーン・ホテルだが、こちらは同じ時代に日本資本が大連にだけ建てた小振りのホテルだ。高級官僚や金持ち、軍人たちが定宿とした大連ヤマトホテルに対して、芸術家や学者たちに好まれたという。中山広場《ちゅうざんひろば》の北側、民生街に面している。

革命後、建物は人民解放軍《じんみんかいほうぐん》招待所として使われていたが、胡耀邦《こようほう》の時代にホテルとしての営業を再開した。アールヌーヴォー様式の建築の外観は創業当時そのままで、客室の造りは現代ふうに改修されている。

そのホテルも、いよいよ営業をやめ、建物が解体される……。そう聞けば、クラシック・ホテル好きのふたりは急いで予約するしかなかった。ふたりとも、観光のハイシーズン以外ならむしろ有給休暇は取りやすい職場に勤めていたから、休みを合わせることはさほど難しくはなかった。

五月中旬のその日、大貴たちは羽田《はねだ》空港で待ち合わせ、北京《ペキン》経由の飛行機で大連に飛んだ。

ホテルに着いたのは、午後の早い時刻だ。ちょうど大連はアカシアの花が咲き出す時期で、車寄せでタクシーを降りたときにも大貴はまず花の香りを意識した。いい季節に来た、と喜んだのだった。

品のいい内装のロビーに入ると、左手にレセプションのカウンターがあった。レセプションの真向かいの壁には、二十点以上の古い写真が飾られている。

大貴はベルボーイに案内されてレセプション・カウンターへと向かった。亜紀子のほうは写真が飾られた壁へと、まっすぐに歩いていった。

初老の痩《や》せたレセプショニストが、大貴に応対してくれた。男の胸のネームプレートには、漢字と欧文で姓が彫られている。謝《シェ》という名だ。大貴がパスポートとバウチャーを渡すと、謝が宿泊カードをカウンターの上に滑らせてきた。

「お名前をこちらに」

日本語だった。日本資本が創業したホテルだから、いまも日本人客は少なくないという。だから日本語の話せる従業員を、レセプションに置いているのだろう。

大貴は、カウンターの上のペン立てからボールペンを取って、カードに名を書いた。宿泊者の欄に、高橋大貴、と。

そして、ほかにも同宿者がいるという欄にチェック。その数は一名。

そのとき、背後の壁のほうで亜紀子が歓声を上げた。

「すごい！　これって、わ、そうだよ！」

その声に大貴は振り返った。

亜紀子が、レセプション・カウンターのほうへ小走りにやってくる。何か価値あるものを発見した、という顔だ。頬《ほお》が輝いていた。

大貴は訊《き》いた。

「何かすごい写真でも？」

「そうなの」亜紀子は飾られた写真のほうを指差して言った。「ベンジャミン・バーマンが泊まっているの」

その名を、聞いたことはある。ドイツ出身のユダヤ系ピアニストではなかったか。

「バーマンは、戦争前にここでピアノを弾いたんだわ。見て」

「まだチェックインが終わっていないよ」

「同じ部屋になれないかな。バーマンが泊まったのと一緒の」

「それから何度も改装しているはずだよ」

大貴は、目の前に立つ謝に言った。

彼は日本語ができる。いまのやりとりも理解したのだろう。大貴に微笑を向けてきた。その通りです、と言っているようだ。

亜紀子が大貴の腕を取って言った。

「ちょっとだけ先に見て。わくわくするから」

大貴は謝に会釈して、いったんカウンターから離れた。部屋のキーは、このあと受け取るのでかまわない。

写真の並ぶ壁の前に立つと、亜紀子が額装された写真の中の一点を示した。

「ほら、ピアノの前に立っているのが、ベンジャミン・バーマン」

写真には、七人の男女が写っている。中央、タキシードを着た、少し寂しげな目をした男が、そのバーマンなのだろう。年齢は三十代の前半あたりか、黒い髪をきれいに七三に分けていた。

その左右にいるのは、スーツ姿の男が四人、ドレス姿の若い女性がひとり、和服の女性がひとり。みなアジア系の男女だ。ドレスの女性は、亜紀子によく似ている。

亜紀子が写真に近寄ってそのひとりひとりを凝視していたが、わあ、とまた控えめに歓声を上げた。

「満映《まんえい》の俳優がいる。タツミキンゴ。ドレスの女性は、カノウサツキだと思う。新京《しんきょう》から大連まで、バーマンを聴きに来たってことなのかな」

大貴の知らない名前が出てきた。満映、つまり満洲映画協会《まんしゅうえいがきょうかい》と聞いて、大貴が思い出せるのは、李香蘭《りこうらん》だけだ。でも、亜紀子は大貴以上にクラシック・ホテル好きなのだ。とうぜん、ホテルをめぐる歴史には知識がある。こんどの旅行では、戦前から日本でピアニストとして活躍したレオニード・クロイツァーというユダヤ系ロシア人のことを、亜紀子から教えられていた。彼は日本に住み、一九二九年には満洲の四つの都市で、コンサートを開いているのだ。その公演旅行の際に泊まったのは、当然ながらどの都市でもヤマトホテルだ。

亜紀子が言った。

「大貴のそっくりさんもいる」

「その横の女性は、亜紀ちゃんそのままだ」

亜紀子は同意せずに言った。

「日付を見て」

額の下に名刺ほどの大きさの真鍮《しんちゅう》のプレートがあって、中国語と英語が記されている。英語はこう読むことができた。

「ピアニストのベンジャミン・バーマン氏。ホテルの宴会場でショパンを演奏。一九三五年五月十二日」

つまり昭和十年の撮影ということになる。八十五年前の、きょうだ。

亜紀子が解説した。

「バーマンがナチスから逃げて日本に来たのが三三年のはず。太平洋戦争が始まる前には、アメリカに渡ってる。日本にいたあいだに、上海《シャンハイ》とか哈爾濱《ハルビン》へコンサートツアーに出ているんだけど、これはそのときのものね。大連でもコンサートをしたのかな。知らなかった」

「正直、そう言われてもピンとこない」

「バーマンは、亡命する前から天才ピアニストとして有名だった。日本にいたあいだは、東京音楽学校で教えていた。アメリカに渡ってからも、すごい人気だった。でも四十歳になる前に亡くなったんじゃないかな。知名度がいまいちなのは、若くして亡くなったし、残した録音が少ないからね、きっと」

「このホテルで、当時コンサートができたんだろうか」

「写真が残っているんだから、バンケット・ホールにはピアノもあったんでしょうね」

「当時の大連に、ショパンを聴きにくる客がいたっていうのも、少し驚きだ」

「けっこうヨーロッパ文化の影響も強かったんでしょう。中山広場のまわりの建物を見たってわかるじゃない。中国でも日本でもない街に見える」

大貴はカウンターのほうを振り返った。チェックイン手続き中の客はいない。午後二時二十分で、チェックインするにはまだほんの少し早いのだ。謝が微笑してこちらを見つめている。

「とにかく部屋に入ってしまおう」

カウンターに戻ると、謝が訊いた。

「何か興味深い写真がありましたか?」

亜紀子が答えた。

「ベンジャミン・バーマンがこちらでコンサートを開いたんですね？　一九三五年に」

謝が言った。

「コンサートという形式ではなかったのですが、お泊まりになったときにピアノを披露したそうです。ほかのお客さまが強く希望されて、その希望に応えるかたちで」

「満洲映画の俳優さんたちが、写真には一緒に写っていました」

「よくご存じですね。地元の音楽好きのひとたちとか、あの写真に写っている俳優さんたちが、バーマンさんの歓迎会を開いたのです」

「歓迎パーティがあったということですか？」

「世界的に有名なピアニストが、この街にいらしたのですから。このときの旅行では、上海と哈爾濱でコンサートを開いていたそうですよ。このときバーマンさんがお泊まりになった部屋を、その後、バーマン・スイートと呼んでいた時期もあるそうです」

「そのお部屋、まだあるんですか？」

「残念ですが、改装してしまいました。ただ、ひと部屋だけ、内装も当時のままでお客さまをお泊めしています。バーマンさんが泊まったときの雰囲気は、そのお部屋には残っています」

謝が部屋のカードキーをカウンターの上に置いた。

「こちらが……」

亜紀子が遮って訊いた。

「わたしたちが泊まるのは、そのお部屋？」

「あいにくと」謝が申し訳なさそうに言った。「きょうは、滞在中のお客さまがいらっしゃいます」

亜紀子が悔しそうに言った。

「同じ部屋でなくてもいい。ほんとうなら、八十五年前の、この日に泊まってみたかった。この日、ここにいたかったな」

大貴は笑った。

「八十五年前のその日ってのは、たしかに面白かったかもしれないけどさ」

「その夜のパーティでは、バーマンが、コンサートでもないのにピアノを弾いたのよ。素敵じゃない！　パーティも、きっととってもお洒落《しゃれ》だったんだろうし」

謝が真顔で訊いた。

「一九三五年のきょうにお泊まりになりたい？」

亜紀子がうなずいた。

「ええ。とんでもない夢を見てしまった」

「バーマン・スイートにはバーマンさんご自身がお泊まりですが、空いているお部屋はあるかもしれません。ちょっとお時間をください」

謝は出しかけたカードキーをカウンターの後ろに戻すと、背後の事務所のドアを開けて消えた。

大貴は、亜紀子と謝のやりとりの意味がわからずに訊いた。

「何をしたいと言ったの？」

亜紀子が答えた。

「聞いた通りよ。八十五年前のきょうに泊まれないかって」

「本気で言ってるように聞こえた」

「あんがいマジかも」

謝が、大判の分厚いノートのようなものを持って戻ってきた。

謝はカウンターの上にそのノートを置くと、かなり前のほうのページをめくった。すぐに目当てのページが見つかったようだ。謝はノートを見つめて、右手の指を滑らせた。

やがて謝が顔を上げ、大貴と亜紀子を交互に見て言った。

「お部屋がございます。いかがいたします？」

「泊まりたい」と亜紀子が大貴を見つめて言った。

大貴は謝に確認した。

「一九三五年の五月十二日に泊まれる、ということなんですか？」

「はい。お部屋が空いています」

亜紀子が訊いた。

「バーマンさんの歓迎パーティにも、出席できますか？」

「はい、お泊まりのお客さまでしたら。出席と伝えておきます」

「ピアノも聴けるんですね」

「ショパンばかりを」

「泊まろう」と亜紀子がせがむように言った。

もしかしてかつがれたか？　と大貴は考えた。廃業と解体が決まって、ホテルは過去の体験ツアーのような企画を売り出したのか？　きょうを一九三五年と見立てて、レストランのディナーも当時のメニューを再現して出すとか。自分は気がつかなかったが、この旅行を手配した亜紀子は、その企画ツアーに申し込んでいたのだろうか。その企画があることは大貴には内緒で。

大貴は乗ることにした。

「いいよ。心構えしてこなかったけど」

謝が言った。

「三五年のきょう、お泊まりいただくには、ひとつだけ約束していただきたいことがあります」

亜紀子が訊いた。

「バーマンさんにサインをねだらないとか？」

謝は微笑を亜紀子に向けた。

「この日ここに泊まったことを、絶対に秘密にしていただくということです。誰にも話さないと約束していただきたいのですが」

「写真をフェイスブックに上げるのもいけないの？」

「ネットにも、絶対に流さないでください」

「ネットにも？」

「おふたりのあいだでお話しされるぶんには、ぜんぜんかまわないのですが」

「いいわ。約束します」

謝が大貴を見つめてきた。あなたはどうです？　と訊いている。

秘密。口外しない。ネットで自慢しない。

いいだろう。そんなに難しいことではない。

「秘密にしますよ」

謝は真鍮の古めかしいキーを大貴と亜紀子に一本ずつ渡してきた。細い棒状で、先端が欠けた歯のような板となっているものだ。楕円形《だえんけい》の金属の板に鎖で結ばれている。金属板には番号が記されていた。

「では、お部屋にご案内いたします。三階の三八号室です。三泊でよろしゅうございますか？」

「ええ」

亜紀子が訊いた。

「一九三五年のこのホテルに泊まるのに、この服装ではおかしくはないですか？　あの写真を見ても、みなさん歓迎会でもきちんと礼装しているようですけど」

謝は大貴と亜紀子の服装を一瞥《いちべつ》してからうなずいた。

「すべて用意させていただきます。少しお待ちください」

「わたしは和服を着られないけど」

「ドレスコード通りの洋装の用意がございます」

大貴は訊いた。

「別料金ですね？」

亜紀子が、眉《まゆ》をひそめた。こんなときに野暮な質問を、と思ったのだろう。

「いえ」と謝。「むしろ、こちらのほうからのお願いということになりますから」

近づいてきたベルボーイに大貴のキーを渡し、彼に案内されてふたりはエレベーターへと向かった。扉の上の階床表示がちょうど時計のようだった。大きな針が、半円を描くように階床を示しているのだ。

エレベーターの内部も、木の板を張ったクラシカルなものだ。ほんとうに八十五年前のエレベーターを使っているのではないかとさえ感じられる。ベルボーイが行き先階ボタンの3を押した。扉が閉まり、エレベーターはゴトゴトと少し大きな音を立てて動き始めた。瞬間、エレベーターの中の照明が消えた。真っ暗になった。

亜紀子が小さく言った。

「あれ」

大貴も一瞬思った。

事故か？　エレベーターに閉じ込められる？

ベルボーイが日本語で言った。

「ご心配いりません」

謝と比べると、いくらかぎこちない日本語だった。

エレベーターの動きは止まらない。ゆっくりと上に引っ張られている。不安が募《つの》ってくる前にガタリと音がして、動きが止まった。

照明がふたたび点灯して、扉が開いた。三階だ。

エレベーターを降りると、廊下は薄暗かった。壁紙や絨毯《じゆうたん》の模様さえ、よくは見えないほどだ。ベルボーイはふたりのスーツケースを手に、廊下を奥へと進んでいく。大貴たちも続いた。エアコンが効きすぎているのか、廊下の空気はひんやりしている。

建物の裏手側にまわったあたりで、ベルボーイが立ち止まった。木製の重そうなドアの前だ。ドアには、楕円形の真鍮のプレートが貼《は》ってあり、38、とアラビア数字が彫られている。ベルボーイがキーで重そうな木製のドアを開けた。

奥まで入って、部屋の中を見まわした。ツイン・ベッドの部屋だ。天井は高く、調度も照明器具も古めかしく、大貴の期待を裏切らないクラシカルな部屋だった。ただ、テレビもないし、エアコンの吹き出し口も見当たらない。見事に戦争前の時代のホテルの一室が再現されていた。

ベルボーイが入り口のクローゼット脇のドアを示して大貴に言った。

「トイレとシャワーはこちらですが、浴槽はありません。代わりに大浴場がございます。この部屋を出て右です。バスタオルなどは浴場にも用意してあります。寝間着では、廊下は歩けません」

ベルボーイがさらに言った。

「浴場には、部屋着の上にガウンを着ていらしてください。ガウンはクローゼットの中にあります」

ベルボーイがスーツケースをドレッサーの脇《わき》に置いて出ていくと、亜紀子が感激した面持ちで言った。

「すごい。ほんとにその日に泊まってしまったみたい。半信半疑だったんだけど」

大貴はスマートフォンを取り出して、表示を眺めた。圏外、と出てくる。空港に着いたときは、アンテナが三本立っていたのだが。

亜紀子が窓のカーテンを開けた。すぐ外には、煉瓦《れんが》の建物がある。あまり日当たりはよくないのだ。大連の街並みを見ることはできなかった。

「どきどきしてきた」と亜紀子が大貴に近づいてきて、背中に両手を回した。

大貴も亜紀子の腰に手を回し、彼女を引き寄せた。

亜紀子が大貴を見上げてきた。

「用意ができるまで、どのくらいかかるんだろう？」

大貴は言った。

「歓迎会に間に合うように、やってくれるだろう」

「それまでどうする？　街を歩いてみる？」

自分も亜紀子も、この街は二度目だ。お互いが知り合う前に、それぞれが一度訪れている。

観光は、今回の旅行のいちばんの目的ではない。

「あまり時間もないんじゃないか。それまで部屋で過ごそう」

大貴は亜紀子の顔に唇を近寄せた。亜紀子も応えてきた。

きょう早い時刻に出発の北京行き飛行機に乗るため早起きしたせいで、大貴は寝不足だった。亜紀子も同じだったろう。チェックインして早々に街の散歩をしなくてもいい。亜紀子とその前に会ったのは五日前だが、そのときは旅行の最後の打ち合わせのようなものだった。

ターミナル駅に近い喫茶店で、一時間ほど話して別れた。亜紀子が欲しかった。

大貴は亜紀子の腰を抱いたまま、靴を脱いで、軽く彼女の身体《からだ》をベッドへと押した。亜紀子は抵抗することなく、ベッドに倒れこんだ。

ドアがノックされたのは、大貴がまどろんでいるときだった。二回、コツコツと叩《たた》かれたように聞こえた。目を開けると、亜紀子は大貴に背中を向ける格好で横になっていた。トップシーツの下で、自分も亜紀子も裸だ。窓の外の光はまだ日中のものらしかった。

亜紀子が向こうを向いたままで言った。

「いまノックあった？」

大貴は上体を起こした。

「ぼくも聞こえた」

従業員なのだろう。

大貴はアンダーシャツを着た。ノックが続くかと思ったが、二度目がなかなかない。大貴はズボンを穿《は》き、シャツに腕を通していた。

ノックはそのままなく、外から呼ぶ声もない。大貴は室内履《ば》きをひっかけて、ドアスコープで外を見てみた。薄暗い廊下には誰もいなかった。ドアを開けてみると、足もとの床に籐《とう》のバスケットが置かれている。衣類が畳《たた》まれて入っていた。

これが謝の言っていた、ドレスコードに合った服装ということかもしれない。

ベッドまで戻ると、亜紀子もTシャツを着ていた。

大貴はベッドの上にそのバスケットを運んだ。畳まれていたのは、女性用の黒っぽいドレス、男性用の濃紺のスーツと白いシャツだった。靴もある。ペイズリー模様のタイも。タイを手にしてみると、裏地がないとわかった。これが当時のままの作りのタイなのだとしたら、昔は裏地がついていなかったのか。初めて知ることだった。

「素敵」と、亜紀子がドレスを取り上げて広げた。

大貴は訊いた。

「サイズなんて、伝えてあったの？」

「何も」と亜紀子は首を振った。「こんなことになるなんて、想像もしていなかったもの」

ベッドの脇に立って、ズボンを穿いてみた。全体にゆったりとしたシルエットだけれど、腰まわりはぴったりだった。上着のサイズも、ちょうどいい。

亜紀子が言った。

「四時半になる。これを着る前にお風呂に行ってきたい」

「ぼくもそうしよう」

大貴はいま袖《そで》を通したばかりの上着を脱いだ。

男子浴場は、小さな温泉旅館にありそうな規模のものだった。三、四人が入れば一杯になりそうな浴槽と、八人分並んだ洗い場、隅に三人分のシャワールームがあった。日本資本が作ったホテルだから、このような造りなのだろう。大浴場に慣れない欧米の客には、やや使いにくかろうと思える設備だった。

行ったとき、客はほかにいなかった。大貴はひとりで浴槽につかって、亜紀子とのこんどの旅行のこと、これまでのつきあいのことを考えた。

自分たちは何なんだろう、とはこのごろ思うようになっている。一緒に旅行したことは国内外合わせて五度あるけれども、お互いがうまく一緒に休むことができず、それぞれが勝手に旅行したことも二度ずつあった。自分が一緒に行けなかったとき、亜紀子はたぶん別のボーイフレンドとその旅行に行っただろう、とも思っている。女友達と行った、と亜紀子は言っているけれども、大貴は確信していた。彼女の旅行につきあう男は、自分だけではない。亜紀子はボーイフレンドに不自由していない。

それに、つきあい始めて丸二年になるが、亜紀子が大貴の部屋に泊まっていったことは、三度しかなかった。二年のあいだに五度も一緒に旅行をした関係にしては、会う頻度はずいぶん少ないのだ。お互いに、相手とほんの少しの時間も離れていたくない、とは思っていない。会わない日が一カ月続くことはざらだけれど、少なくとも自分にとってはそれは苦痛ではない。亜紀子も、この関係に不満を漏らしたことはなかった。

だから自分たちのあいだではこれまで、一緒に暮らすという話題になったことがない。亜紀子は流通業界大手のやり手のバイヤー。頭が切れてファッションのセンスがよく、性的にも積極的だ。非日常を一緒に楽しむにはいい相手だ。しかしはたして日常生活を積み重ねる人生のパートナーになるだろうかと考えれば、かなりの疑問符がつく。状況次第では感嘆すべきその強い自己主張や尖《とが》った美意識にも、いずれ自分は疲れてくるだろう。

いや、と大貴は湯船の中で思った。いま自分がこんなことを考えたこと自体、関係が終わりに近づいた証左だった。亜紀子もたぶん、このつきあいが終わりかけていることを意識している。旅行とクラシック・ホテル好き、という趣味の一致程度では、これ以上関係を深める根拠としては乏しいのだ。

この旅行から帰ったら、たぶん次はもう一緒の旅行はないだろう。彼女の提案に乗ることはもうないし、自分から新しい旅行を提案することもない。

だから、言ってみればこんどの大連ルフラン・ホテル宿泊の旅は、最後であることを確認するための旅行になる。出発前、それを言葉にしたわけではないが、亜紀子もそのつもりだと大貴は承知していた。

部屋に戻ったのは、五時を五分ほど過ぎたころだった。亜紀子はまだ戻っていない。大貴は身体の熱が完全に冷めるのを待ってから、ホテルが用意してくれたシャツとスーツを着た。

それから十五分後に、部屋着の上にガウンをひっかけた亜紀子が戻ってきた。

「小さなお風呂」と亜紀子は残念そうに言った。「大貴のほうは？」

「こぢんまりしたお風呂だった。誰もいなかった」

「女子用もあたしだけ。そういえば、まだほかのお客さんを誰も見てないね」

「あまり人気もないんだろうな。廃業が決まったくらいなんだから」

「パーティ会場では、たくさんひとにも会えるんでしょうけど」

大貴はうなずいて窓に寄り、カーテンを閉じた。ベンジャミン・バーマン歓迎会には、午後六時五分過ぎくらいに行くのがよいか。会場となる場所を聞いてはいないが、バンケット・ホールだろう。たぶん一階の裏手側にあるはずだ。


亜紀子の身支度に時間がかかり、ふたりが部屋を出たのは午後の六時十分だった。大貴は濃紺のスーツにタイ。さいわい髪は短めで、ジェルもワックスも使っていない。あまり違和感はないだろう。亜紀子はセンター分けのショートボブの髪はそのまま、ノースリーブの黒のドレスで、ポーチを持った。きょうのドレスコードが髪の色まで含めているとしたら、亜紀子の茶髪は目立つかもしれなかった。この時代、髪を茶色に染める日本人女性は、ごく稀《まれ》だったはずだ。

エレベーターを降りていったんレセプションを覗《のぞ》いたが、謝ではなくべつの男がカウンターの中に立っていた。歓迎会の場所を聞くと、そのホテルマンは写真の飾られた壁の左手を示した。奥に続く廊下があるという。大貴たちは並んでその会場へと向かった。ちょうどエントランスのドアを抜けて、ひと組の男女が入ってきたところだった。年齢はふたりとも五十代か。男はスーツ姿で口髭《くちひげ》を生やしている。女性は和服だった。同じ歓迎会に出る客なのだろう。

廊下の先が賑《にぎ》わっている。パーティはもう始まっているようだ。左手に、ベンジャミン・バーマン氏歓迎レセプション、の案内が出ていた。その横に「大連音楽協会」とあるのは、主催団体の名だろうか。左手の入り口の扉が開け放たれている。大貴が先に立って、広間に入った。

中は天井の高い空間だった。たぶん二階分の高さがある。

入り口脇に立つウエイターのトレイから、大貴も亜紀子もスパークリング・ワインのグラスを取った。見ると、立食式のパーティだった。左手奥のほうに、料理の並んだテーブルがある。右手の壁の前には、金の屏風《びょうぶ》が立っていた。屏風の左側に、小型のピアノが置かれている。ベビーグランド、というサイズのピアノだろうか。

大貴は入り口近くで立ち止まり、出席者を眺め渡した。七、八十人はいるようだ。女性客は全体の二割ぐらいだろうか。和服姿が多いが、ドレスの女性も少なくない。男の客はすべてスーツだ。軍服もないし、和服もなかった。白人客も十人ばかりいる。

大貴は不安になってきた。この八十五年前のきょうの日付のパーティは、あまりにも本物っぽくないか？　コスプレ企画の旅行で、参加者はここまで服装に凝るものか？

レセプションの謝は、ほんとうに自分たちを八十五年前のきょうのホテルに泊めてくれた？

まさか、と大貴は首を振った。そんなはずはない。そんなことができるわけがない。このパーティがコスプレ旅行の企画の一環でないとしたら、映画かテレビの撮影なのだろうか。そのエキストラに、自分も組み入れられたということではないのか？　しかし広間のどこにも、撮影クルーらしき男女の姿はない。カメラも照明も録音機材も見当たらなかった。

「いたわ」と亜紀子が、視線をステージ近くで談笑しているグループに向けて言った。「バーマンがいる。巽欣吾《たつみきんご》がいる。加納五月《かのうさつき》も」

大貴はスパークリング・ワインをひとくち飲んでから言った。

「そういう役を演じてる客ってことだね？」

亜紀子が怪訝《けげん》そうに大貴を見つめてきた。

「何を言っているの？」

「何をって？」

「あのひとたち、本物よ。見ればわかるでしょ？」

「本物かどうか、どうしてわかる？」

「だって、ここは昭和十年五月十二日の大連ルフラン・ホテルだから」

「そういう設定の旅行企画なんだろう？　ぼくは知らずに来てしまったけれども」

「違うってば」

そのとき、ふたりの前に背の高い男が立った。三十代なかばと見える歳格好《としかっこう》で、髪を七三分けに整えている。

「失礼ですが」男が亜紀子に、癖のない声で言った。「音楽協会でお目にかかりましたっけ?」

亜紀子が男に顔を向けて微笑し、首を横に振った。

「いいえ。わたしたち、ちょうど大連に旅行中で、きょうはたまたまです」

「そうでしたか」男は大貴と亜紀子を交互に見て言った。「ヨーロッパから帰る途中なのでしょうか。旅行というのは、そういう意味ですか?」

「いいえ」と亜紀子。「東京からです」

「わたしは大連音楽協会の理事で、天沢《あまざわ》と言います」

「天沢さまって、もしかして天沢良彦《よしひこ》さんですか? あの声楽家の?」

「それは兄です」天沢と名乗った男は、はんぶんうれしげに言った。「わたしは文彦《ふみひこ》。音楽は趣味で楽しんでいるだけです。お名前を伺ってかまいませんか?」

「森といいます。森亜紀子です」

「音楽関係の方ですね?」

「残念ながら。でもクラシック音楽は大好きです。バーマンさんのCDは一枚も持っていないんですが」

「失礼、バーマンさんの何と?」

亜紀子は少しだけ焦った様子を見せた。

「ごめんなさい。バーマンさんが録音したものは持っていない、と言うつもりでした」

「ああ。でも」天沢は少し背を屈《かが》め、屏風のほうに目をやって小声で言った。「じつを言うと、あとでバーマンさんには、何曲か弾いていただこうと思っているんです。天才ピアニストに、あつかましいことをお願いすることになりますが」

「それは楽しみです」

天沢が大貴のほうに身体を向け、手を差し出してきた。

大貴は名乗って天沢の手を握った。

「高橋です。音楽とは無縁の仕事なんですが」

「高橋さん?」天沢の目に一瞬怪訝そうな光が走った。大貴の苗字《みようじ》を聞いて、夫婦ではなかったのか、と思ったのかもしれない。「はじめまして。でも、きっと芸術関連のお仕事でしょうね。雰囲気から、想像がつきます」

「建築のほうの仕事ですが」

「どうぞ、楽しんでいってください。後ほどまた。そうだ、バーマンさんにもご紹介しましょう」

ステージのほうで、大きな声が響いた。

「お集まりのみなさん」

すっと広間の談笑が静まった。

しゃべり出したのは、五十代くらいの恰幅《かっぷく》のいい男だった。

「きょうは世界的ピアニストのベンジャミン・バーマンさんを囲む歓迎の会に、ようこそおいでくださいました。大連音楽協会の伊藤《いとう》でございます」

パーティはまだ開会が宣されていなかったようだ。客の出足を見ていたのかもしれない。

伊藤と名乗った男は続けた。

「バーマンさんのコンサートがここ大連で開かれないのは、音楽協会の力不足のせいもあるのかと、とても悔しいところですが、上海《シャンハイ》、哈爾濱とふたつの街でのコンサートでバーマンさんもお疲れです。明日日本へ戻るバーマンさんに、せめて大連の街にいい思い出を持っていただこうと企画した歓迎会です。バーマンさんと共にこのひとときを楽しんでいただければ、協会責任者としては何よりの喜びでございます。いまお伺いしたところ、バーマンさんは昨日新京《しんきょう》にお泊まりでしたが、ピアノ好きでご自身もピアノをたしなまれる満洲国皇帝陛下が宮城にバーマンさんをお招きになり、ピアノ演奏を所望されたとのことにございます」

広間の客たちがどよめいた。

伊藤という男は、そのどよめきが静まるのを待ってから、またあいさつの続きを始めた。

「陛下はバーマンさんの弾かれたショパンにいたくご満悦だったとのことでございます。その翌日にここにバーマンさんをお迎えできるわたしどもも、光栄の至りでございます。さて、きょうは音楽協会からバーマンさんに、花束を贈呈して……」

伊藤のあいさつはまだまだ続く気配だった。気がつくと、天沢は大貴たちのそばから消えている。客たちを見ると、天沢は屏風の脇に立っている。亜紀子を見ると、彼女の視線は天沢にしっかりと据えられていた。大貴はグラスをまたくちもとに近づけた。

伊藤の長いあいさつが終わると、和服を着た日本人少女が、花束をバーマンに渡した。

ついでバーマンのあいさつとなった。彼は少し上気した顔で、ドイツ語であいさつした。天沢が、バーマンのあいさつを日本語に通訳した。バーマンは、このアジアの東端の土地で歓迎を受けて感激している、という意味のことを言ったという。

ついで、乾杯となった。ステージに立ったのは、初老のロシア人男性だった。大連在住で、ヴァイオリンの演奏家だという。そのロシア人のあいさつを通訳したのは、天沢とは別の日本人男性だった。

ウエイターが近寄ってきて、空になっていた大貴のグラスを取り替えてくれた。

亜紀子が言った。

「少しペースが早くない？」

「いつもこんなものだ」

ロシア人の音頭による乾杯があって、広間ではふたたび客たちのあいだで歓談が始まった。

亜紀子が言った。

「ここまで見ても、きょうがいつかを疑っている？」

大貴は言った。

「そういうことでもいいやという気分になっている」

そこに、また別の男が近づいてきた。チェックインのとき写真で覚えた巽欣吾という俳優だった。

「バーマンさんのファンですか？」

巽は亜紀子に訊いたのか大貴に訊いたのか、どっちとも取れるような顔の動きで言った。

「バーマンさんも含めてです」と亜紀子が言った。「巽さんですね？」

「ええ、映画に出ています」

「巽さんにほんとうにお目にかかれるなんて」亜紀子は手を差し出した。「うれしくて卒倒しそうです」

「そんな。お化けなんかじゃないですよ。ふつうの日本男児です」

「いえいえ、満映の大スターなんですから。森亜紀子と言います」

巽は亜紀子の手を軽く握ってから、大貴に言った。

「奥さまは、このパーティでいちばんの花ですね。さっきから気になって仕方がなかった」

大貴は言った。

「妻ではないんです。ぼくは高橋です」

「おや、失礼しました。てっきり」

亜紀子がうれしそうに言った。

「礼儀としてカップルで出席しました。あたしたち、お互い、フリーです」

「フリー？」

「一緒にいますが、束縛されていません」

「なるほど」巽は話題を変えた。「森さんも、やはり音楽関係の方なんですね？」

「いいえ。ふつうに音楽と映画が好きというだけです」

「とてもふつうの女性には見えない。森さんにだけ、スポットライトが当たっているように見えます。音楽関係でないとしても、芸術に関連したお仕事でしょうね」

「当ててみてください」

屏風のほうで、小さく拍手が聞こえた。

大貴が目をやると、天沢が立って客を見渡している。

彼が言った。

「バーマンさんが、わたしたちのわがままなお願いを聞いてくださいました。素敵な歓迎会のお礼に、少しだけピアノを弾いてくださるとのことです」

歓声が上がり、盛大な拍手があった。バーマンが天沢の隣りで二度三度うなずいてから、ベビーグランド・ピアノに向かった。拍手がすっと引いた。

「前で聴く」と亜紀子が大貴をその場に残して、ピアノのほうへと歩いていった。

バーマンは、ショパンの前奏曲の中から五、六曲と、続いて「雨だれ」を弾いた。いったん拍手が起こったが、バーマンはすぐに「華麗なる大円舞曲」を弾き始めた。演奏が終わるとピアノの前で立ち上がって、日本式に深くお辞儀をした。盛大な拍手が起こった。伊藤という男が、写真だ、写真を、と大声で言っている。大型のカメラを持った写真師が、広間の隅から出ていった。客のうちの何人かがバーマンを囲むと、フラッシュバルブが発光した。写真師はさらに何枚か、記念写真を撮った。

写真を撮り終えたあと、天沢がバーマンに亜紀子を紹介しているのが見えた。亜紀子がバーマンに何か語ると、天沢が横で口を動かしている。通訳したのだろう。そのうち、亜紀子とバーマンは天沢の通訳なしで話し始めたと見えた。ふたりは英語で話し出したのかもしれない。亜紀子はドイツ語は話せなかったはずだ。

大貴は広間の端のテーブルのほうへと行き、指で摘めるような料理の皿を探した。カナッペがあったので、グラスをウエイターに渡し、左手で皿を持ち上げた。

パーティはそれから三十分以上も続いたろう。その間、亜紀子とはほとんど話をしなかった。彼女は男の客たちに人気で、囲んでいる男たちはなかなか亜紀子との会話をやめようとしないのだった。そして隙《すき》を見ては、べつの男が割り込んで、亜紀子をさらっていこうとしている。その様子を眺めながら、大貴はウエイターに渡されるままに酒を飲み続けた。

　一度トイレに出て広間に戻ってくると、日本人男性客による歓迎会の中締めのあいさつが行われているところだった。バーマンはお疲れなのでそろそろ部屋に戻ると。そのあいさつが終わると、バーマンが和服の女性に案内されるように広間を出ていった。

　亜紀子が、頰をピンクにして戻ってきた。

「天沢さんが、ヤマトホテルに移って飲み直さないかと言っているの。行こう」

　大貴は訊いた。

「行くのは、彼だけ？」

　舌が少しもつれた。飲みすぎたかもしれない。

「巽さんも、五月さんも、あと何人か行くって」

「ちょっと酔ったよ」

「そうみたいね。大丈夫？」

「部屋に戻らないか。ショパンも聴いたし、十分だよ」

「いやだ」亜紀子はおおげさに首を振った。「まだこの夜は始まったばかりじゃない。こんな機会、もう絶対にないのよ」

「もうお酒は飲めないよ。外に出ていくなんて、面倒だし」

「あたしは行くわ。これから何が起こるか楽しみだもの」

「ぼくを置いてってことかい？」

「だって、酔っぱらって行けないなら、仕方がないじゃない」

「そりゃあないだろう。ぼくと来た旅行だよ」

いつのまにか横に和服の女性が立っている。興味深げに大貴たちのやりとりを見守っていた。その後ろにウエイターがいた。無表情なそのウエイターと視線が一瞬合った。

亜紀子が不服そうに言った。

「だからずっと一緒にいろって？」

「そういうものだろう」

「だからあたしは、一緒に行こうって誘ってるのよ」

「行きたくない」

「行ける状態じゃないよね。だったらあたしひとりで行くしかないじゃない」

亜紀子がすっと視線を遠くにそらした。

「呼んでる。行くわ」

亜紀子は大股に広間を横切っていった。バーマンが退場したあと、広間からも客が引きつつある。亜紀子の向かう先には、天沢と巽がいた。亜紀子が天沢に何か言った。天沢はちら

り と大貴を見てから、亜紀子の背に手をまわした。三人は退場する客にまじって、広間を出ていった。和服の女性も、大貴のそばから消えていた。

大貴はグラスを料理のテーブルの上に置くと、自分も広間の出入り口へと向かった。歩きながら、飲み過ぎを意識した。部屋に戻ったら、持参してきた二日酔い防止のドリンク剤を飲まねばならないだろう。

エレベーターで三階に上がり、自分の部屋に入ると、大貴は上着と靴を脱いでベッドに倒れ込んだ。


酒のせいで、眠りは浅かった。夜中に何度も目を覚ました。いつ寝間着に着替えたのかも覚えていない。目を覚ますたびに、隣りのベッドを確かめたが、亜紀子はいなかった。腕時計を何度も確かめている。午後十一時。零時過ぎ。一時。一時四十五分……。二時半となったときには、亜紀子は今夜は帰って来ないだろうと確信した。天沢のうちに行ったか、巽と大和ホテルに泊まったか。それとも相手は別の誰かか。あるいは……。

夜が明けたとき、部屋の様子が違っていた。

昨日チェックインした、あの古めかしいインテリアの部屋ではない。大型のテレビがあり、天井近くにはエアコンの吹き出し口がある。ベッドまわりも壁も、全体に明るい。部屋が少し狭く感じる。怪訝に思いつつ、ベッドから下り立った。ベッド脇の椅子《いす》の背にかけたはずのスーツは見当たらない。いや、その椅子もデザインが違う。こんなモダン・デザインの椅子だったか？

クローゼットの横には、自分と亜紀子のスーツケースが並べて置いてある。クローゼットの向かい側に壁があって、ドアを開けると洗面所だった。それも浴槽つきの。

窓に寄ってカーテンを開けた。窓のすぐ下には空き地があって、小型のバンが二台停《と》まっている。空き地の向こう側には、白っぽい壁のビルが建っていた。ビルの横のほうに視線を移動させると、明らかにいまの大連の街並みが見えた。

悪い夢を見た、とは思えなかった。昨日の夜のできごとは現実だった。自分はたしかにいかにも古いホテルの古めかしい部屋に泊まり、オールド・ファッションのひとたちが集まるパーティに出た。なのに、この部屋の様子、窓の外に見えるものは、昨日とはまったく別のものになっている。泥酔しているあいだに、部屋を移された？　自分は意識を失って、旅行代理店とこのホテルが仕組んだ時間遡行《そこう》旅行の企画から、ていねいに「いま」に帰されたのか？

いや、昨日も感じた。あれが旅行の「企画」だとするなら、細部に至るまで凝りすぎているし、何より費用をかけすぎている。あれが大きなお芝居であったとは信じられない。あのパーティではほかに、自分たちのような参加者と会っていない。あのパーティの出席者たちは、けっして割り振られた役を演じているようではなかった。大貴たちとはひとことも口をきかない出席者も多かったが、自分たちふたりだけのために、旅行代理店があれほどの出演者を集めて大がかりな虚構を見せてくれるはずはなかった。また、ここが三十年代の満洲を再現したテーマパークのはずもない。自分はそんなものができたという情報を、耳にしたことはなかった。

やっぱり自分は、昨夜は一九三五年、つまり昭和十年の五月十二日の大連にいたということか？

絶対にありえない、とも言い切れなくなったような気がした。

スマホを取り出してみた。もう圏外のマークは出てこない。亜紀子からメールは入っておらず、SNSにもメッセージは残っていなかった。森亜紀子とは、昨日で完全に終わったということだ。胸のむかつきも少し収まってきた。

大貴は朝食を取らずに午前九時まで部屋にいて決めた。自分はきょう、亜紀子を残してチェックアウトする。きょうの飛行機を手配して、帰国する。別れが決まった以上は、もうこのホテルに長居する理由はなかった。顔を合わせて埒《らち》もない言い合いをするのもいやだ。おカネをかけても、このまま帰国してしまったほうがいい。部屋に戻ってきて大貴の出立を知った亜紀子も、たぶんそれを喜ぶことだろう。何の弁解も説明も必要なく、あと二日、自由に大連で遊べるのだから。

大貴はネットで航空会社のサイトに入って帰国の便を取った。北京経由の羽田行きだ。スーツケースを持ってレセプション・カウンターまで行くと、中にはふたりの紺のスーツを着た男女がいた。昨日の謝の姿はない。

大貴は、急用ができたので自分だけ予定を早めてチェックアウトする、と告げた。女性の係員が、少しお待ちをと言って事務所の中に入っていったが、たぶんフロア付きの従業員に部屋をあらためさせるのだろう。何か事故でも起こっていないかを確認するために。

女性従業員はすぐに戻ってきて、小声で男性に何か言った。問題なし、ということだったようだ。予約時点で三泊分支払い済みだったから、大貴ひとりだけのチェックアウトの手続きも簡単に終わった。大貴はホテルの車寄せでタクシーに乗り、飛行場へと向かった。五月十三日の朝だ。

帰国した後も、亜紀子からは何の連絡もなかった。SNSを更新してもいない。もしかすると「友達」や「フォロー」を切られたのかもしれないが、それを確かめるつもりもなかった。このままフェイドアウトできるなら、それにこしたことはないのだ。

帰国して七日目のことだ。渋谷にある勤め先に、ふたりの男が訪ねてきた。世田谷《せたがや》警察署の捜査員だった。三十代と五十代くらいの、年齢差のあるふたり組だ。

応接室に通して話を聞いた。森亜紀子の家族から、相談があったのだという。亜紀子が中国・大連旅行から帰ってこないと。出発したきり、その後連絡もない。携帯電話も通じない。ひとり暮らしの部屋を見に行ったが、帰ってきた様子はない。勤め先は欠勤したままだ。ただ、家族も大連旅行の細部は承知しておらず、亜紀子がよく使っていた旅行代理店に問い合わせて、同行者が大貴だと知ったのだという。

年配の捜査員が訊いてきた。

「高橋さんは、森亜紀子さんと旅行をされていましたよね？」

協力をお願いしたいという口調だった。

「たしかに一緒に旅行しました」大貴は答えた。「一緒に出発しています」

「宿泊は、同じ部屋を取ったのですね？」

「はい、ツインの部屋で、一緒です。三泊の予定でしたが、ぼくが体調を崩して、一泊だけして先に帰ってきたんです」

「森さんはホテルにそのままあと二泊していったのですか？」

「だと思います。その後連絡はないので、はっきりしたことはわかりませんが」

「一緒に旅行に出かけながら、別行動を取ったんですか？」

捜査員の口調に、かすかに疑念がまじってきたように感じられた。

大貴も、不安が募ってくることを意識した。

「海外旅行は、ふたり一緒だと安上がりですので、森さんとはそういう旅行を何度かしています。目的地は同じだけど、現地では別々に見たいものを見るという旅行です」

「今回は、高橋さんは予定を早めて、ひとりで帰って来た？」

「ええ。自分で帰りの飛行機を手配して帰ってきました」

「帰国は何日です？」

カレンダーを確かめるまでもなかった。

「五月十三日です。北京経由で帰ってきています」

「その朝、森さんと別れて、それっきりということですか？」

「ええ」と言ってから、あわてて言いなおした。「いや、前の夜、着いたその日の夜から別行動になって、朝は会っていません」

「ん」と、ふたりの捜査員は顔を見合わせた。

若いほうの捜査員が、怪訝そうに訊いた。

「夜までは一緒だったんですよね。その後別行動？」

「ええ、森さんはその夜は帰って来なかったんです。朝まで、というか、ぼくがチェックアウトするときまで連絡もなかったし、帰って来なかった。じつを言えば飛行機に乗る前、先に帰ると連絡を入れたんだけど、既読にはなっていません。それっきりです」

大貴はスマホを取り出し、メーラーとSNSの画面を捜査員たちに示した。

若い捜査員がスマホを大貴に返して言った。

「朝まで連絡もなく、ホテルに戻って来てもいないのに、何も心配しなかったんですか。何か事故に巻き込まれたのかもしれないでしょう？」

「いや、事故とは考えなかった」大貴は自分の脇の下に汗がにじみ出してきたのがわかった。「ホテルで知り合ったひとたちと、お酒を飲みに行くということだったので」

「だから、朝まで帰って来なくても心配ではなかったんですか？」

「その、森さんはそのあたりはざっくばらんな性格だし」

「つきあっているあなたを差し置いて、よその男とどこかに行ってしまうような女性だ、ということですか？」

「ぼくたちはそもそも、恋人同士というほどのつきあいでもないんです。一緒に旅行はするけれども、結婚を約束したわけじゃないし、恋人未満というか」

また年配の捜査員が訊いた。

「森さんが向こうで知り合ったというのは、どういうひとたちなんです？」

「ちょうどホテルで開かれていたパーティのお客さんたちです」

「どんなパーティだったんです？」

謝の言葉が思い出された。約束してください。誰にも話さないこと、ネットにも書かないこと。この捜査員たちに話すのは、その約束を破ることになるだろうか。いま答えていてわかってきたが、自分は微妙に危ない状況にある。亜紀子は帰国しておらず、家族も連絡が取れない。そして一緒に旅行していた自分は、亜紀子を残しさっさと予定を繰り上げて帰国してしまった。警察が亜紀子が消息不明となっていることになんらかの事件性を疑っても仕方のない事態だ。亜紀子のことだからそろそろ、友達ができたのでもう少しこっちにいる、とでも連絡してくることは、十分に考えられるのだが。

でもいまは、正直にすべて言わないことには……。

大貴は、信じてもらえるかどうか心配しつつ言った。

「ぼくたちは、そのホテルで八十五年前に開かれたというパーティのようなものに出たんです。ドイツから亡命したユダヤ人ピアニストの歓迎パーティです。テーマパークのそういう設定のコスプレ企画にまぎれたのではないかとも思うんですが、酔っぱらってしまったせいもあって、とてもリアルな舞台にも感じていました。森さんはそこで何人かの男性客に人気になって、飲み直しにホテルを出て行ったんです」

大貴は言葉を切り、信じてもらえますかと問うようにふたりの捜査員を見つめた。

年配の捜査員がうながした。

「続けてください」

けっきょく大貴は、チェックインしたときの謝とのやりとりから、パーティが終わるまでのことを三十分近くもかけて話すことになった。少し険しい言い合いになったことは省略した。話の中に出てきた固有名詞については、すべて若いほうの刑事が手帳に書き留めた。バーマンも天沢も、巽の名もだ。

大貴が話を締めくくると、年配の捜査員は首をふりつつ言った。

「どう解釈していい話なのか、正直とまどいます。とにかくあなたは、その朝、酔いが覚めると、部屋には森さんの姿はなかった、帰って来ていなかったというのですね」

「その通りです」

「もし森さんからメールが来るなり、SNSの投稿なりがあったら、知らせていただけますか。ご家族が心配しているとも伝えていただけるといいのですが」

「そうします」

ふたりをエレベーターまで送ったが、捜査員たちが大貴の話に不審を感じていることは明白と見えた。彼らはたぶん、すぐさま中国の警察、そして大連ルフラン・ホテルと連絡を取り、大貴の話の裏付けを取ろうとするだろう。


ドアがノックされて、大貴は目を覚ました。

一瞬、自分がどこにいるかわからなかった。東京の自分の部屋ではない。昨日、自分はどこに泊まった？

強く何度かまばたきしてから、周囲を見まわした。思い出した。ここはあのホテルだ。それも、八十五年前、ということでチェックインしたあの部屋だった。ベッドにいるのは自分ひとり。亜紀子の姿はない。

では、きょうはいつだ？　自分は八日前にホテルをチェックアウトし、帰国しているのに。

またドアがノックされた。こんどは激しく、いらだたしげにも聞こえた。

「待って」と日本語で言って、大貴はガウンをひっかけドアに向かった。

ドアスコープを覗くと、スーツを着た男がふたりだ。年配と若手の男のふたり。ひとりが身分証明書のようなものを覗き穴に向けている。

ドアを開けると、年配の男が言った。

「大連警察署です。高橋さんですか？」

「はい」

そう答えてから、混乱した。大連警察署？　こんなに日本語を流暢《りゅうちょう》に話す捜査員がいるのか？　いや、昭和十年、つまり一九三五年の大連であれば、日本人警察官がいてもおかしくはない。ということは、いまは一九三五年？　まさか。

もう一度男を見つめた。油でなでつけた髪に、古めかしいシルエットのスーツ。若手のほうのファッションも、あのパーティに出ていた男たちのものと印象は似ている。

年配の男がまた訊いた。

「お連れの方は、いまいますか？」

「いえ、いまはいません。どうしてです？」

若いほうが言った。

「港近くの操車場で、今朝、女性の死体が発見されたんです。その女性の所持品の中に、ホテルのこの部屋の鍵がありました。それでやってきた次第です。レセプションで聞きましたが、高橋さんは昨日からおふたりでの宿泊ですね」

「ええ。一緒にチェックインしています。相室なのは、森亜紀子という名前の女性です」

「お連れは、いまどちらです？」

「わかりません」きょうは五月十三日の朝なのだろうか？　捜査員たちの言葉の流れでは、そういうことだが。大貴は言った。「夜にここでパーティがあって、そのあと彼女はほかのお客と外に飲みに行った。昨夜は戻ってきていません」

「昨日の、ユダヤ人ピアニスト歓迎パーティのことですね？」

「ええ」

やはりきょうは五月十三日らしい。それも一九三五年の。でも、自分は帰国したはずだ。大連空港から飛行機に乗って、羽田に帰ってきた。それから八日経《た》っている。昨日は、会社に世田谷署の捜査員たちもやってきて、亜紀子と一緒に帰ってこなかった理由についても話した。

なのにどうして自分は、あのホテルの部屋で、過去に戻って目覚めることになったのだ？

年配の男が言った。

「遺体は満鉄大連病院に運ばれています。それがお連れかどうか、確認していただけませんか？」

「袖なしの黒いドレスでした？」

「ええ」

「パーティではそういう服装でした」

「一緒に来てください」

有無を言わせぬ調子があった。

「ちょっと待ってください。着替えます」

どうやら亜紀子が死体で見つかったということのようだ。もしかして強盗にでも襲われた？　つまり殺人？　だとしたら面倒なことになった。

いや、と大貴は首を振った。自分はすでに帰国しているはずだ。ひとりでチェックアウトして、いまの日本に帰ったではないか。

これは悪夢だ。自分はリアルな悪夢を見ているのだ。そうに違いない。

ズボンを穿き、シャツをひっかけて、部屋の外に出た。一階までエレベーターに乗ったが、照明に不具合はなかった。

ロビーを突っ切り、エントランスに向かっているあいだに、年配の捜査員が言った。

「昨夜は、パーティのあとはどちらにいました？」

昨夜というのは、三五年の五月十二日のことか？　そういう仮定で答えるならば……。

「酔っぱらったので、部屋にいましたが」

「おひとりで？」

「ええ」

エントランスを出ると、車寄せに黒塗りの自動車が停まっていた。捜査員にうながされて後部席に乗るとき、頭をドアの枠にぶつけた。かなりの痛みがあった。こんな痛みを感じていながら、目が覚めない？　夢ではないのか。

車が発進してから年配の捜査員が訊いた。

「昨日、お連れの方と言い合いをしていると伺いました。何か揉《も》めごとでもありましたか？」

揉めごと。

たしかにあった。自分たちは言い合いをした。

大貴はあらためて、謝の言った言葉を思い返すことになった。

ひとつだけ約束していただきたいことがあります。この日ここに泊まったことを、絶対に秘密にしていただくということです……。

約束を破った場合にどうなるか、謝はとくには教えてくれなかった。聞いておくべきだった。ペナルティはどのようなものなのか。せめて、自分がもともといた時代へは二度と帰れなくなるのかどうかだけでも、教えてほしかった。

自動車の左手の窓に、アールヌーヴォー様式のホテルの外観が見えた。車が加速したので、ホテルはすぐに後ろに消え、郷愁を誘う欧風の大連の街並みが流れるようになった。一九三五年、昭和十年の、アカシアの花が咲く大連の街並みが。

年配の捜査員が、大貫の横で質問を繰り返した。

「何か揉めごとでもありましたか？」

傷心列車

プラットホームを列車の前方に向かっているとき、どこかで破裂音がした。

千春《ちはる》はびくりとして足を止めた。あれは、もしや銃声？

何か別の音の聞き違えかとも思った。でも、その銃声は、間を置いて、また響いてきた。いましがたの破裂音よりはもう少し重くも感じられる音。それが三回か四回。撃ち合いが起こっている？　方角は、ホームの北側、つまりロシア町のほうのようだ。工業博物館のあるあたりだろうか。騒ぎ声も聞こえてくる。

千春は振り返った。プラットホームを歩いている乗客は、さほどの数はいなかった。もう出発ぎりぎりなのだ。この列車に乗ろうとする乗客はとうにもう列車に乗り込んでいる。それでも七、八人がいた。彼らもその破裂音を気にして、駅の北方向に目を向けていた。

あのひとは、もしかしてこのことを言っていたのだろうか。

「何か突発事故が起こるかもしれない。そのときは、ぼくを待たずに、そのまま列車に乗って哈爾濱《ハルビン》に行ってくれ。一本遅れる。あるいは一日遅れるかもしれないけれど、必ず追いつく。どこかで、千春さんに追いつくから」

何を言われているのかよくわからず、千春は返事に窮《きゅう》していた。

あのひとは、乞うような調子でこうも言ったのだった。

「ぼくの言葉を信じてほしい。信じられないかもしれないけど、嘘《うそ》じゃない。ぼくにもしものことがあっても、絶対にきみに追いつくから。もしぼくが追いつけなかったら、哈爾濱駅の伝言板に、居場所と連絡先を書いて。いいね？」

切迫した調子だった。千春は、事情がよく理解できないままにうなずいた。

あのひとを信じる。信じるしかない。いまの自分に、あのひとを疑うという道はないのだから。もう決めてしまったことなのだから。

千春の左手には、昨晩渡された鉄道切符がある。大連《だいれん》から哈爾濱までの乗車券。それに南満洲《みなみまんしゅう》鉄道の、長春《ちょうしゅん》までの二等指定席券。中東《ちゅうとう》鉄道の長春から哈爾濱までの、同じように二等の指定席券。あのひとはこの切符を千春に渡して言ったのだ。

「この街を出て、哈爾濱に行こう。明日、汽車に乗るんだ」

こんな言い方もした。

「もしぼくを許してくれるなら、この汽車に乗ってくれ。九時発の、長春行き急行『はと』だ」

改札口のほうから、走ってくるひとたちがいる。あの銃声に脅《おび》えたのか、それとも誰かに追われているのか。

客車のドアから車掌が顔を出して、ホームにいる乗客に向けて大声で言った。

「早く乗ってください。早く！」

千春は足を速めた。この騒ぎは、きっとあのひとに関係がある。あのひとが、あのクラブにやってきたことと、つながっている。もしかすると銃声はあの人に向けて警察か憲兵が発砲した音かもしれず、あるいはあのひとが撃った音かもしれなかった。

駆けてきたひとたちは、次々と列車に乗っていった。すぐにプラットホームからひとの姿がなくなった。数人の、制服姿の駅員が、改札口方向に目を向けているだけだ。駅の外の騒ぎも収まっているようだ。

列車の前方寄りにいた駅員が、千春に声をかけてきた。

「お乗りください。あと三分で発車ですよ」

千春はプラットホームに立つ時計を見た。午前八時五十七分。改札の前でぎりぎりまで待ったのだけれど、あのひとは来なかった。一本遅れて来ることになったのだろうと、千春はあきらめて改札を通ったのだった。

その二等車に乗って、指定の席を探した。二人掛けの椅子が、すべて進行方向に向けられている。車両に入って三列目の左側窓側の席が、自分の席だった。席は七割がた埋まっている。

籐《とう》の旅行鞄《かばん》を網棚に載せて、シートに腰を下ろした。直後に汽笛が鳴った。それから車両がゴトンと揺れた。出発だ。列車は初めゆっくりりと、それから少しずつ勢いを増して走り出した。駅構内の、無機的で硬質な風景が次第に退《しりぞ》いていく。やがて列車は駅の付属施設のあいだも抜けて、民家の密集する地区に入った。車輪が鉄路の継ぎ目を越える音が、次第に滑《なめ》らかに感じられてきた。気がつけば、もう郊外だった。

後ろのほうから声が聞こえた。

「切符を拝見」

車掌が、検札に来たのだ。あの乗車券を見せればよいのだったろうか。自分はあまり汽車に乗ったことがない。大連からふた駅の、海水浴場のある周水子《しゅうすいし》というところまで何度か乗ったことがあるくらいだ。慣れていなかった。千春は手提《てさ》げから乗車券を取り出して用意した。

車掌が自分の席の真横にやってきたので、千春は乗車券を見せた。

「哈爾濱までね」と、車掌は千春の乗車券に印刷された目的地を口にして返してくれた。

「この列車は長春までなんで、長春で乗り換えだよ。終着駅だから、間違えることはないと思うけど」

長春から先は、ソ連邦の中東鉄道が所有する路線となるのだ。日本人が東支《とうし》鉄道と呼んでいる鉄道の一部だ。その鉄道は、哈爾濱でシベリア鉄道の短路線に接続する。

一列前の、通路をはさんで右の席にいた中年の男性客が、乗車券を見せながら車掌に訊《き》いた。

「さっきの騒ぎは、何だったんだ？」

　車掌が答えた。

「さあ。おおかた、また抗日分子が駅に逃げ込もうとしたかでしょう」

「張作霖《ちょうさくりん》の恨《うら》みかね。あれにゃ、皇国も関東軍《かんとうぐん》も何も関わっていないはずだが」

「そうですよね。でも、中国人の考えることはわかりませんから」

「ここだけの話だけど、北満《ほくまん》に密偵で入った参謀本部の将校が行方不明になっているらしい。関東軍が、その将校さんにもしものことがあったら、軍を満洲全土に展開すべきだと中央に具申したとか」

「お詳しいのですね」

「司令部に知り合いがいるもんでね。ともかく物騒なことは真っ平だ」

　乗客は、クラブに来る男性客の写し絵みたいな男だった。中国人や満洲人をあからさまに蔑視《べっし》して、日本人は世界一優秀だとオダをあげる。そうしてやることの卑《いや》しさ汚さときたら、自分の母親の前でもそれができるのかと問うてやりたいような金満日本人男。車掌のほうは適当に合わせただけかもしれないが、それでも千春の周囲の庶民にも、この手合いの日本人は多かった。千春自身は半分は中国人のあいだで育ったようなものだから、日本人が中国人を悪く言っているのを聞くと、いたたまれない気持ちになる。

　それにたいしてあのひとは。

またあのひとのことが気がかりになる。

安西順二《あんざいじゆんじ》。十日ほど前に、千春の前に現れた青年。監部通《かんぶどお》りに面したダンスホール、オデッサ・クラブの並びの、小さな洋風ホテルに泊まっていた。オデッサ・クラブは、鉄道をまたぐ陸橋、日本橋《にほんばし》に近い位置にある。ロシア町のすぐ外、という言い方もできる場所だ。彼は満洲のどこかで仕事を探すつもりなのだと言っていた。そのための旅行なのだと。

ちょうど千春が、オデッサ・クラブの支配人から用事を言いつかって帰って来たところだった。交差点を渡り、クラブの並びのホテルの前まで来たときだ。

ホテルの前で、人力車があの青年にぶつかるところだったのだ。青年は、歩道でホテルの看板を確かめようとしていたようだった。上を見上げ、歩道から数歩下がった。そこに、空の人力車が勢いよく小路の角を曲がってきた。路面電車や自動車と違って音がしないので、人力車が曲がってきたことに気がつかなかったのだろう。青年はぶつかる寸前に飛びのいた。ただ、青年が提げていたトランクが人力車の梶棒《かじぼう》の先、象鼻《ぞうはな》に引っかかってしまったのだ。

青年が手を離したので、トランクは歩道に転がった。

中国人の車夫は悲鳴を上げ、人力車を停《と》めて、車道に土下座した。

「すんません、すんません」と、日本語で謝っている。

千春も足がすくんだ。この街では、日本人たちは中国人の落ち度や無礼に対して激昂《げっこう》する。怒鳴りまくる。それが車夫であったなら、ステッキで殴るような日本人さえいるのだ。いま車夫が脅えて土下座するのも、無理はなかった。

しかし歩道の青年は、車夫が土下座していることにとまどっていると見える。

「いや、いいんだ」青年は日本語と中国語を交ぜて言った。「こっちこそ、対不起《ドウイブチー》」

歩道に転がったトランクを手に持ち上げたときも、車夫はまだ車道に跪《ひざまず》き、脅えた顔で彼を見ている。

青年は車夫の脇《わき》にしゃがむと、もう一度言った。

「対不起。没事児《メイシーアール》」

ようやく車夫は立ち上がり、まだ何度も頭を下げながら梶棒を持ち、おそるおそるという様子でその場から離れていった。

目が合った。青年は苦笑した。みっともないところを見られましたね、と、明るく自分を笑っている。清潔そうな顔だちだ。思わず千春もつられて微笑していた。

青年は旅行者と見えた。洋服にソフト帽で、革鞄を肩から斜め掛けにしていた。右手に革のトランクだ。

「どこをお探しですか？」と千春は思わず声をかけていた。

「アカシア・ホテルというところなんだ」とあのひとは答えながら、ミモザ・ホテルの看板をもう一度見上げた。「所番地はここみたいなんだけど」

玄関上の横長の板には、ロシア人が経営していたときの名前がキリル文字で記されている。

ロシア語では、ミモザ・ホテルというのだ。

この看板とは別に、玄関口の左手には、縦長の看板が掲げられていて、そこには日本語が記されている。アカシア旅館。

「ええ。前はミモザ・ホテル。いまの社長さんになってから、日本語でアカシア旅館って名前になっていますね。同じところなんです」

あのひとは口を開けた。大きな疑問が氷解したという顔だ。

「あなたはここのひと？」

あなたと呼びかけられたことに、また驚いた。自分は十八歳。小娘だ。店の客には、お姉ちゃんと呼ばれるのがふつうだった。あなた、と呼ばれることなんて、なかった。

「いえ」妙にどぎまぎしてしまった。「あちらのクラブです」

通りの並び、建物をひとつ置いて立つ洋館を指さした。その位置からは、玄関の上の看板は読みにくい。

「そこの一階が、オデッサ・クラブというダンスホールなんです」

青年は言った。

「つまり」

誤解されないうちにと、千春は早口でつけ加えた。

「女給なんです。踊れません。お酒を運ぶだけです」

「ロシア人の踊り手さんがいるお店かな」

「そうです。ロシア人の楽士さんたちが、演奏するんです」

「有名な店だね」

「ご存じなんですか？」

「資料で」青年は言い直した。「雑誌で読んだ。日本人のお客も多いんだよね」

青年の言葉がどこの訛《なま》りなのか、千春にはわからなかった。教科書でも読んでいるような日本語とも聞こえた。きっと東京のひとなのだろう。大連で生まれた千春は、東京にはもちろん、内地のどこにも行ったことがない。

千春は言った。

「ええ。お金持ちの日本人が来ますよ」ロシア人女性目当てで、とは教える必要はないだろう。どことなく世馴《よな》れたところのない青年と見えるけれども、こういう商売のことについて、いくらなんでも多少の知識はあるだろう。「内地のひとは、大連らしい店だって喜んでくれます」

「軍人さんのお客は来る？」

「関東軍の偉いひとたちが、ときどき来ます」それから訊いた。「軍人さん、お嫌ですか？」

「いや、そんなことはない。ただ、どんな店なのかと思って」

「もともとはロシア人が経営していたお店なんです。いまは社長さんは日本人ですけど」

青年は、目の前のアカシア旅館、旧名で言えばミモザ・ホテルを目で示して言った。

「ここみたいなものだ」

「ええ。オデッサ・クラブは、日本人の社長さんはあまり顔を出しません。ロシア人の支配人がそのまま引き継いでいます。もしよかったら、いらしてください」

「ああ、行くよ」

青年はうなずいて、ミモザ・ホテルの玄関へと入っていった。九月の頭、真っ昼間を除けば、上着が必要だという季節になっていた。

列車は遼東《りょうとう》半島を北上して、大石橋《だいせききょう》の町に入った。

もう正午を過ぎた時刻だ。確か五分ぐらいは停車するはず。お弁当を買うならここだ。次の大きな停車駅は奉天《ほうてん》で、三時近くになっている。この列車には食堂車もあるが、ひとりでは行きづらい。さっき車内に売り子が来たが、大石橋の駅で買うのがいちばんだろう。

列車が速度を少しずつ落とし、ごつんごつんと連結器同士をぶつけながら、ゆっくりと大石橋駅のホームに入っていった。

ほとんど停まりかけたところで、千春は驚いた。ホームに、帝国陸軍の兵士たちが距離を取りながら並んでいるのだ。誰かを迎えに来ている？

大連駅でのあの銃声が思い出された。あの件と関係しているのではないか。つまり誰かを追っている。大連から電話を受けて、この列車に乗ってはいないかと、検問しに軍が出動している。そういうことではないか？

やはり安西順二にもしものことがあったのだろうか。

列車には間に合わないかもしれない。ひと列車遅れるかもしれない。もしかしたら一日遅れるかもしれない、と彼は言っていた。

大石橋駅で降りる客も何人かいた。その客たちも、窓ごしに見るホームの様子に驚いている。

「何ごとだ？」

「やっぱり抗日分子が、何かやったのか？」

列車が完全に停まったところで、千春は窓を上げてホームの左右を見た。兵士たちは車両の乗降口の下を固めた。乗客を降ろさないようにしている。前のほうと、後ろのほうから、何人かの兵士たちが車両に乗り込んだ。

弁当の売り子も、列車に寄って来ない。窓に近寄ろうとすると、兵士に追い払われる。

車両前方に、兵士たちの姿が見えた。下士官と、銃を担《にな》った兵士がふたりだ。乗客たちの顔をひとりひとり検《あらた》めている。客のうち、二十代から三十代の男が、質問を受けていた。いや、女も質問されている。

二十代から三十代の、男と女。

安西順二のことだけではなく、いやおうなく彼の友人だという夫婦のことも思い浮かんだ。一週間前、順二と一緒のときに会ったことがある。

山田登《やまだのぼる》、と名乗った亭主は背が高く、精悍《せいかん》な顔だちで、それこそ軍人のような雰囲気があった。直美《なおみ》と自己紹介した夫人のほうも、背が高かった。夫人は断髪で、はきはきとしゃべる女性だった。何かモダーンな仕事に就《つ》いているのだろうと想像させた。

ふたりとも洋装で、大連の通りでは少し目立った。順二とは内地での知り合いで、順二が満洲に来たので満洲旅行を思い立ってやってきたということだった。

順二のほかに、あの夫婦も何か悪いことをして追われているのだろうか。

外見からはまったく職業不詳なので、ぶしつけと思いつつも訊いた。内地では、どんなお仕事をされているんですか？

男は、海軍に関連する仕事、と答えたけれども、それ以上は訊かないでくださいと笑った。特務機関のような仕事をしているのだろうかと、千春は勝手に想像した。直美夫人のほうは、帝大の研究機関で働いている、という意味のことを言っていた。中国語とロシア語が堪能だった。

右側ひとつ前の席の乗客が下士官に訊いた。

「やっぱり、抗日分子ですか？　それとも共産主義者《アカ》？」

下士官は、その乗客に冷たく答えた。

「知らなくていい」

下士官は千春の席の真横に立った。

「ここの席は？」と、下士官が千春の右の空席を示して訊いた。

「誰もいません」千春は答えた。

「ひとりで旅行？」

「はい」

「どこまで？」

「哈爾濱まで」千春は切符を出して見せた。

下士官は切符を検めてから訊いた。

「哈爾濱には、どういう用事で？」

嘘を答えた。

「親戚のうちに行くんです」

下士官は網棚の千春の旅行鞄に目をやってから、千春の後ろの席へと移動していった。

けっきょく列車が大石橋駅を出たのは、定刻を五分過ぎてからだった。なんとかにぎり飯と漬け物の弁当を買うことができた。

奉天の駅に着いたのは、午後の三時過ぎだった。大石橋駅を遅れて出発していたから、定刻よりも遅れての到着だった。五分だけ停車すると、車内放送があった。千春は強張《こわば》った身体《からだ》を伸ばそうと、ホームに降りた。

ここでも、ホームには兵隊の姿がある。到着した列車を検問するのではなく、この列車に乗る乗客を調べているようだった。ここでもやはり、二十代から三十代の男女が下士官に止められて、顔や切符を検められていた。ホームの上で旅行鞄を開けられている旅行者もいた。

ホーム全体を覆う不穏な空気に、千春はすぐに車両に戻った。

席に腰掛けたとき、右手、一列前の乗客が千春の脇に立って声をかけてきた。

「何か知らんが、ものものしいね」

「そうですね」と、千春は用心深く答えた。この乗客には、空いている隣りの席に移ってきてほしくなかった。

「ま、奉天だから、軍が神経質になるのも無理はないけれどもね」

「そうなんですか？」

「ほら、三年前に張作霖が国民党に暗殺された場所も、この駅から近いんだよ」

その事件のことは、耳にしている。満洲の軍閥の頭領、張作霖の乗る列車が爆破され、張作霖は死亡したのだ。張作霖は北京《ペキン》で国民党の幹部と会談し、列車で奉天に戻ってきたところで爆殺されたのだとか。日本との関係が密接過ぎることを懸念して、国民党が暗殺をしたのだ、と大連の日本人のあいだでは語られた。でも、千春の知っている中国人やロシア人は、張作霖が日本に敵対的になってきたので、関東軍に殺されたのだ、と言っていた。千春には真相はわからない。

　列車は、奉天を十分遅れで出発した。それからほんの数分後、まだ奉天市街地のはずれというところで、さっき話しかけてきた中年男がまた千春の席の横に立った。

「この少し先で、この満鉄の連長線《れんちょうせん》は、北京と奉天を結ぶ京奉線《けいほうせん》をまたぐ。京奉線の終着は、奉天のもうひとつの駅、瀋陽《しんよう》駅に入るんだけどね」

　千春はそこまで鉄道については詳しくはなかった。黙って男の言うことを聞いていた。

「陸橋が京奉線の上に架かっているんだけど、爆弾はその陸橋の脚に仕掛けられていたとか。張作霖の乗る列車が通過中に、爆弾が爆発、張作霖の列車は粉々《こなごな》になったり、脱線して燃えたりして、張作霖は死んだんだ。窓の外を見ていてごらん。交差する線路が見えてくる」

　彼の言葉のちょうど最後に、列車は直角に交差する線路をまたいだ。満鉄の列車が、陸橋を通過したのだ。

「ここだ」と男は言った。「張作霖が死んだ場所」

　千春は、男に顔を向けて訊いた。

「橋は、壊れなかったんですか？」

「落っこちた」と男は言った。「架け直すのに、しばらくかかったはずだ」

　車掌が検札にやってきた。奉天からの乗客の切符を検めるのだろう。中年男は自分の席に戻っていった。

暗殺。爆破。

順二の顔がまた脳裏に浮かぶ。

必ず一緒に行くから。もしかしたら一本遅れるかもしれない。一日遅れることになるかもしれない。でも、必ず追いつくから。

それを、順二は昨日の夜に言ったのだった。

汽笛が鳴った。少し速度が上がったようだ。

安西順二は、初めてミモザ・ホテルの前であったその日の夜に、オデッサ・クラブに現れた。ネクタイを締めて、ソフト帽をかぶっていた。ちょうどステージでは楽士たちが演奏を終えたところだった。もしかすると順二は、音楽が生演奏であることに気づいて、曲が終わるまでドアの外で待っていたのかもしれない。このあと楽士たちはひと休みに入り、蓄音機で日本の歌謡曲のレコードがかかる。チークダンスの時間になるのだ。

店の客席は半分がた埋まっていた。三十人くらいの客がいるということだ。客の席には、ロシア人女性ダンサーをまじえて、七、八人の女性たちがいた。

客の大部分は男だったけれど、女性連れの客も何組かあった。女性客はみな日本人だった。よそのホールのダンサーとか、和服の芸者たちだった。客が連れ出したか、いいところはないかと案内させてきた女性たちだろう。常連の堅気《かたぎ》で踊り好きの女性の顔もある。この店は、一応は健全な社交場として、大連の日本人市民に使われているのだ。

もっと直接的な刺激が欲しい客は、市街地の裏手のほうの怪しげな店に行く。市街地の南のはずれ、逢坂町《おうさかまち》には遊廓《ゆうかく》もある。

順二が入ってきたとき、千春は奥の客席に酒を運んで、厨房《ちゆうぼう》の仕切りドアまで戻ってきたところだった。

「こんばんは」と、順二は目が合って軽い調子であいさつしてきた。

「あ」と、千春は声を出していた。「いらしてくれたんですね」

午後のやりとりを覚えていてくれたのだ。というか、あの言葉は約束だったのだ。

すぐに初老のロシア人のマネージャーが青年に近づいた。

「いらっしゃいませ」と、流暢《りゆうちよう》な日本語でマネージャーは言った。「おひとりですか？」

「ええ。お酒だけ飲みたいんですが」

食事はいらないという意味だろう。じっさい、このお店では、軽い酒の肴《さかな》以外の食べ物は提供していないのだが。

マネージャーは、ダンスのフロアから少し離れた席に順二を案内した。ステージが半分柱の陰になる位置だ。

千春は、順二から注文を聞くためにその席に近づいた。

マネージャーが順二に言っている。

「女性を呼びましょうか。ロシア人がいいですか？　日本人？」

順二は答えた。

「大連をいろいろ観光しようと思っているんです。日本人女性で、この街に詳しいひとがいいな」

「お待ちください」

マネージャーが去ったところで千春が青年に言った。

「すぐに来てくれたんですね。ご注文は？」

「ワインってあります？」

「グルジアの赤ワインが」

「グラスでいただけるかな」

そこに、日本人の踊り子がやってきた。日本人の中でいちばん年長の女性だ。三十歳のはずだ。明るくて面倒見がいい。中国服を着ている。春子《はるこ》、という名だ。

「いいかしら」と春子は順二の横に腰を下ろし、飲み物を頼んでいいか順二に訊いてから、千春に言った。

「オデッサのカクテルを」

店の特製の甘味飲料だ。ロゼワインのような色をしているが、アルコールは入っていない。

やがてロシア人楽士たちによる生演奏が始まった。ピアノと、ヴァイオリンと、チェロとコントラバス。この夜二度目のステージだ。楽士たちが演奏するのは、ロシア民謡だった。さすがに民謡が続いているあいだは、日本人客たちはダンスのホールに出てこない。

千春が順二の席に注文の品を持っていくと、順二は春子に真剣に大連の見どころなどについて質問をしている様子だ。春子のほうも、真剣な顔で答えている。春子を口説《くど》いている雰囲気ではなかった。

楽士たちの生演奏の最中に、帝国陸軍の将校たちが四人入ってきた。すでにどこかで酒を入れてきたのだろう。ご機嫌で、大声だった。マネージャーが彼らに近寄るよりも先に彼らは長靴《ちょうか》の音を響かせてダンスのフロアを横切り、空いている半円形の席に腰掛けた。

大連には、旅順《りょじゅん》に駐屯する関東軍の将校たちがよく遊びに来ている。大連には料亭、酒場、遊廓があり、このオデッサ・クラブのように、ロシアふうの社交場も多かった。軍港である旅順と違い、大都会である大連は、羽を伸ばせるし羽目もはずせる街ということなのだろう。奉天の駐屯地からも、休みの日にやってくる軍人は多い。いま入ってきた将校たちには知った顔がある。旅順からだ。

マネージャーが近づくと、彼らは全員が麒麟《キリン》ビールを注文した。奉天で作られているものだ。千春はマネージャーのそばまで行って注文を確認した。

将校たちのうち、最年長と見える男がべつの客についているロシア人ダンサーに声をかけた。

「カーチャ、ナターシャ、こっちに来い」

そのふたりは、日本人の商売人ふうの男たちの席にいるのだった。その客たちは一瞬憮然《ぶぜん》とした表情になったが、カーチャとナターシャのふたりが立ち上がるのを止めなかった。

厨房のほうに戻るとき、千春はまた順二の顔を見た。順二はグラスを持ったまま、将校たちのほうを見つめていた。

それから一時間ほどのあいだに、千春は順二と少し話をすることができた。安西順二という名前だと教えてもらい、自分も名乗った。仕事探しのための満洲旅行だと聞いたのも、このときだ。

また蓄音機でレコードがかかったときに、順二が立って厨房脇の通路から洗面所へと向かって行った。

千春は、客の注文が途切れて、ちょっとだけカウンターの脇で立ったまま休むことができた。そのとき、通路の奥、裏手の通用口に通じるドアから、日本人ダンサーがやってきた。千春よりも二歳年上の子だ。

彼女が言った。

「お義父《とう》さんが来てるよ」

あ、と千春はいたたまれない思いとなった。この二日ばかり、義父とは顔を合わせていなかった。珍しく勤め先の製粉工場に働きに出ているのだ。朝早く出ていって、夜も千春が家に帰ったころには眠っていた。それが三日続くとなれば、お祝いしたっていいくらいに気持ちが明るくなる。なんとなくきょうは、いい日だったと振り返ることができそうだった。なのに、義父がやってきたとは。

義父は、このクラブの裏口の、言わば常連だった。彼が何をしにくるのか、店の誰もが知っている。千春はトレーをカウンターの上に置くと、エプロンのポケットに手を入れながら、裏口へと向かった。ポケットの中には、お酒のせいで気前のよくなった客からのチップが多少入っている。でも、たぶん二円ばかり。ビール二本分程度だ。ダンサーとは違って、注文の品を運ぶだけの女給はチップもさほどもらえないのだ。

義父の三次《さんじ》は、裏口のドアを開け、身体を通路の中に入れて待っていた。

義父は、赤い顔で言った。

「こんな時間だけど、どうしても必要になってな」

後ろで、洗面所のドアの開く音がした。靴音が通路に出て止まった。

千春は義父の目を見ずに、紙幣だけを渡した。横浜正金《よこはましょうきん》銀行札で二円。大連では、数種類の紙幣が流通しているが、この店では横浜正金銀行発行の紙幣が最もよく使われている。

「これだけでいいでしょ」

「小銭もあるだろ」

「母さんにも渡さなきゃならないから」

「おれから渡す」

「お願い、義父さん」

「出せって」

仕方なく、ポケットの底をさらって小銭もすべて渡した。義父はにやついて、裏口から出ていった。

振り返ると、洗面所のドアの外に、順二が立っていた。怪訝《けげん》そうな顔をしていたが、すぐに顔をそむけて、店の中へと戻っていった。彼はいまのやりとりをすっかり聞いていたのだろう。

千春は店へと戻った。頬が火照《ほて》っていた。いまのいままで、義父とのこのような場面をこれほど恥ずかしく感じたことはなかった。

順二はそのあと五分ほどで席を立った。

「またいらしてください」とカウンターの脇で頭を下げて言ったとき、順二はチップをさっと千春に握らせてくれた。

「楽しい店だった。千春さん、ありがとう」

名前を覚えてくれていて、少しだけうれしかった。

千春は、そのあとで春子に訊いた。

「あのひとと、何を話していたの？」

「知ってるひとなの？」

「きょう、アカシア旅館の前で、旅行鞄を地面に落として、ちょっとだけ話をした」

「大連の観光地のこと。見どころとか、クラブやダンスホールのこと、教えてくれって」

「満洲は初めてと言っていた」

「いろいろ本とかで調べてきてたみたい。有名どころはけっこう知っていたよ」

「観光地の？」

「料亭とかクラブの。だけど」春子は、右手の小指を立てて言った。「こっちにはあんまり興味ないみたいだった。この春子姐《ねえ》さんを誘わないんだから」

それは失礼ですね、という顔を作ってから、千春は言った。

「じゃあ、何を楽しみに、このお店に来たんだろう」

「ロシアの音楽なのかね。無粋《ぶすい》なところは嫌いみたいだった。将校さんたちが来てたでしょ。ここは軍人のお客が多いんだね、って言ってた。どういうひとなんだろうって」

「教えた？」

「関東軍の将校さんたちだって、教えてあげた」

「軍人さんが嫌いなのかな」

「そうなんでしょうね。軍人さんが来ない店はどこだとも訊いてたから」

春子は、いくつか有名な酒場の名前を出した。客の品がよく、楽士たちが西洋音楽だけ演奏するという店ばかりだ。もちろん千春は、どこも話に聞くだけで、誰かに連れられて行ったこともない。

それから三日間、順二はオデッサ・クラブにはやって来なかった。もう大連を発《た》ったのだろうか。もしまだなら、発つ前の夜にはまた店に来てくれるとよかった。言葉のきれいなあの若い男と、また少し話してみたかった。あなた、とか、千春さん、とかと呼んでくれたらなおいい。

四日目の昼間だ。千春が連鎖街《れんさがい》の大浴場からの帰り道、大連駅前の浪速町《なにわちょう》にかかったときだ。道の反対側に順二を見た。男女の連れがいる。ふたりとも、旅行鞄を肩に掛けている。あとで知り合ったときに山田と名乗った夫婦だ。三人は鉄格子のはまった窓を持つ店の前で立ち止まると、山田夫婦だけが店の中に入っていった。順二に声をかけるかどうか迷っているうちに、彼は通りを連鎖街のほうへと歩いて行ってしまった。

千春は店の看板を眺めた。

「各国猟銃・拳銃・猟具
坂本《さかもと》商店」

その男女は、護身用に拳銃を買うつもりなのだろうか。坂本商店は、中古の銃の買い取りもしてくれる店だと聞いている。満洲を旅行する金持ちが、旅行前にまずこの商店で拳銃を買い、旅行が終わるとき、大連港から船に乗る前の日に売っていくらしい。

その日の夜も、順二はやって来なかった。よその店が気に入ってしまったのだろう。オデッサ・クラブよりも品がよくて、軍人の来ない店が。

その次の日の夜だ。午後の十時で店が終わり、客たちを送り出して、ほかの日本人従業員と一緒に店内を清掃した。店を出ることができたのは、十時半を回った時刻だ。

店の裏手の通用口から、監部通りにつながる路地に出た。少し歩いてから、路地の出口のところに男がいると気づいた。監部通りの街灯のおかげで、それが義父の三次だとわかった。千春は小さくため息をついた。またおカネを無心されるのだ。きょうは三円ほどのチップをもらってはいるが。

路地を出ると、義父が言った。

「遅かったな、千春」

「掃除があるから」と千春は答えた。歩道には、もうひとりの男がいる。ソフト帽をかぶり、細い口髭《くちひげ》をはやした中年男だ。顔に見覚えがある。

義父が言った。

「母さんには話してある。今夜は、こっちのひとと一緒に行け」

義父が指さした先には、人力車があった。

「嫌！」と千春は首を振った。「うちに帰る」

「そういうわけにはいかないんだ。こっちのひとが、義父さんを助けてくれる。お前がこのひとと一緒に行ってくれたらだ」

「嫌だってば」

義父は千春の肩に手をまわして、千春をその男に押しやろうとした。千春はもがいた。

「娘さん」と、口髭の男がうれしそうに言った。「お義父さんを信じてカネを貸したんだ。警察沙汰にはしたくない。お義父さんの言うことをきいたほうがいいぞ」

歩道の先、アカシア旅館の玄関口のあたりにひと影が見えた。いったんホテルに入りかけたが、こちらへと歩いてくる。ソフト帽の、背の高い男。順二だ。

義父がまた言った。

「お前だって、ねんねじゃないんだ。子供みたいに駄々《だだ》をこねるな」

千春はもう一度身体と腕を大きく振って義父の手をふりほどくと、順二のほうに向かって駆けた。

「順二さん！　待たせてすみません」

順二が足を止めたので、千春は彼の右腕を取り、小声で言った。

「お願い。助けて。わたしに合わせてください」

後ろから義父が小走りで近づいてくる。

順二が言った。

「ぼくが待たせてしまったね。ごめん」

千春は順二の身体の向きを変え、ホテルの玄関口に向かって並んで歩き出した。

「早く、部屋に」

義父が千春たちを追い抜き、立ちはだかって順二に言った。

「手前《てめえ》は、なんだ？　堅気の娘をどうしようっていうんだ」

千春は義父に言った。

「このひとと、約束してたの」

「かどわかしたのか？」と義父が順二に言った。「そうはいかねえぞ」

順二が、冷やかな声で訊いた。

「いくらだ？」

「何？」

「いくら支払えば、ここは収まるんだ？」

義父は顔にとまどいを浮かべて言った。

「三十円。いや、三十五円」

順二は財布を取り出して三十五円数え、義父に押しつけた。

義父は不服そうに受け取って言った。

「勘違いするな。大事な娘なんだ。売ったわけじゃないぞ。騒ぎにしたくないから、詫《わ》び料としていただくってことだ。娘に手をつけたら、こんなものじゃすまない」

「順二さん」と、千春は義父にも口髭にも聞こえるように言った。「ごめんなさい。義父さんは、まだ言い交わしたことを本気にしていないの」

それから順二を引っ張るようにホテルの玄関へと向かった。義父と口髭男の視線を背中に感じたが、無視した。

玄関の回転扉を抜けてロビーに入った。

順二が、フロントに向かって数歩歩いてから言った。

「裏から出るといい。出してくれるだろう」

千春は言った。

「今夜帰ったら、叱《しか》られる。恥をかかせたって、きっとぶってくる」

「お父さんが、ぶつ?」

「義理の父なんです。母の再婚相手。ほんとの父さんは、わたしが八つのときに死んだんです」

カウンターの中から、中年のフロント係が驚いた顔でふたりを見つめてくる。顔見知りなのだ。千春はその手の女だったのかと、完全に誤解しているようだ。

順二はそのフロント係に言った。

「二〇五だ。シングルベッドの部屋が空いていれば、こちらのひとが泊まる」

千春は驚いて順二の顔を見た。彼は微笑してうなずいた。

「ぼくは、ゆっくり休みたいんだ。こうしてくれ」

フロント係がふたつの鍵を渡してきた。

「ご婦人には、二〇七号のシングルベッドのお部屋、風呂付きです」

千春は、抗議の目を向けた。自分は、いま外で順二に助けを求めたときに、そのつもりでいた。彼は事情を訊くこともなく、三十五円という大金を義父に渡してくれた。おかげで自分は、今夜あの口髭男のおもちゃにされずに済んだ。義父が言っていた通り、自分は子供ではないし、世間知らずでもない。こんな場合のお礼の仕方は知っている。自分に何ができて、できないことは何かも知っていた。

「上がろう」と順二は階段のほうへ歩き出した。千春はあわてて順二を追った。


すっかり夜となったが、ぽつりぽつりと人家の灯《ひ》が増えてきている。長春の街が近づいたようだ。列車は少しずつ速度を落とし始めた。

列車は、定刻からかなり遅れているらしかった。車掌が通ったときに、哈爾濱行きの列車の出発時刻を確かめると、十時過ぎだという。哈爾濱までおよそ八時間かけて走り、朝の六時に哈爾濱に着くという夜行列車だ。二時間以上、待ち時間があるのだった。

長春にいるあいだに、順二が追いついてくれるのだろうか。大連と長春とのあいだには、たしか一日十本ほどの急行列車が運行している。長春で二時間も次の列車を待つのなら、順二がそこで追いついてくることは十分に期待できた。

でも、と千春はその思いを打ち消した。いまここまで大連から離れて思うけれども、順二のあの言葉はじつは永《なが》の別れを意味していたのではないだろうか。お別れだ、と言いたくなくて、順二はあんなふうに期待を持たせる言葉を吐いたのではなかったろうか。自分も、胸のうちのどこかで、そうだと受け取っていたような気がする。順二とのあの束の間の幸せには、いずれ古い茶碗が割れるときのように突然で明快な別離が来ると。自分と順二が、そもそも釣り合うはずがないではないか。あちらはどう見ても学士さまだろう。若い旦那と愛人という仲になるならともかく。

やがて列車は、長春の駅に入った。連長線の終着駅である。

乗客の全員が、列車を降りた。話しかけてきた中年の旅行客もだ。

哈爾濱に向かう東支鉄道の夜行列車の出発まで、どこで過ごそう。満洲を旅行する場合、満鉄や中東鉄道の駅のある都市のあいだの移動であれば、旅券は不要だ。いったん駅を出て、駅前の食堂で夕食とするのがいいかもしれない。完全に夜になるまでに少し町を散策できるかもしれない。

いや、とその考えを追い払った。順二を待つのなら、駅を出ないほうがいい。夕食は駅の中の食堂でとり、あとは待合室で時間をつぶそう。

あの夜、廊下の並びの部屋に別々に入った。順二は、二階に上がってもきっぱりと言ったのだった。

「じゃあ、おやすみ。朝ご飯は、七時からだ。一階の奥の食堂で」

千春はすがるように順二を見た。駄目なの？　順二さんの部屋に入っちゃいけないの？　義父に一晩売られようとした女なんて、はしたない？　そういうことなの？

順二は答えてはくれなかった。それでも、生まれて初めて洋式の風呂に入り、浴衣《ゆかた》に着替えて、ドアがノックされるのを待った。順二がやってきてくれるのではないかと思ったからだ。あそこまで自分に好意を見せてくれて、大金まで出してくれた男だ。千春を自由にしたいと考えないわけがない。少なくとも千春の知っている男とは、そういうものだった。親切には下心が、出したカネには見返りがついているのだ。でも、順二にはその下心の示し方さえ品があると感じられた。嫌悪感はない。救ってくれたことのお礼をしたかった。順二に、全身で謝意を示したかった。順二に拒《こば》む理由がないならばだ。

十五分経《た》ってもノックはなかった。千春は浴衣のままドアを開けて廊下を窺《うかが》い、二〇五の部屋のドアを小さくノックした。少し待ったが、返事はない。ノックの音が聞こえなかった？　千春がもう一度ノックしようとしたとき、ドアが内側に開いた。

肌着と下穿《したば》き姿の順二が、すっと脇によけて、千春を部屋に入れてくれた。

「巻き込んでしまって、すみません」薄暗い部屋の中で、順二を見上げて千春は言った。

「朝まで、一緒にいていいですか」

順二は部屋の奥へ戻ってベッドに腰を下ろし、トップシーツの下に身体を入れた。千春を見つめてくる顔は、かすかに困惑しているようでもあった。この成り行きを予想していなかったかのような。もっと言うならば、自分は何かミスを犯したかもしれないと後悔しているような顔にも見えた。

千春は帯を解き、浴衣を床に落とした。

哈爾濱へ向かう列車のプラットホームは、連長線のホームの並びにあった。すでに列車が入っている。いま乗ってきた車両よりも、少しだけ幅が広く見えた。

ホームに入る前に、目の前に下がる大時計の文字盤が示す時刻が、いま見てきた待合室の時計と違っている。三十分ばかり進んでいる。時刻を間違えた？　と、どきりとしてから気づいた。東支鉄道はソ連の鉄道会社が運行している。時刻は、哈爾濱時刻のものを使っているので、南満洲とは時差があるのだ。二十六分進んでいる。ということは、発車はもうすぐだ。あと五分。

少し急ぎ足になって二等の客車に乗り込んだ。席は三割ほどしか埋まっていない。ロシア人の乗客が大半と見えた。

　発車してほどなく、ロシア人の車掌がやってきた。車掌が行ってしまってから、千春は急に眠気を感じた。寝台車ではないから熟睡というわけにはいかないが、少し眠ることにしよう。

　ことりことりと線路の継ぎ目を拾う車輪の音を聞きながら、千春はあの夜のことを思い出していた。汗が引いた身体を密着させて、ささやき声を交わしたあの幸福な時間のこと。そして、順二が何者なのか、まっとうな日本人なのか、疑念が生まれてきたやりとりのこと。

　トップシーツの下で、千春は訊いた。

「大連のどんなお店に行っていたんですか？」

「どうして？」

「大連の酒場のことを春子さんに訊いていたって聞いた。ああいうお店がお好きなんですよね」

「せっかくの大連だから、大連らしい店に行きたくって」

「軍人さんのいないところね」

「そうだね。軍人が少し苦手なんだ」

「徴兵検査は？」

「ああ。乙種だったんだ。入営はしていない」それから順二が逆に訊いた。「オデッサ・クラブには、このあいだも軍人が来ていたね」

「ええ。うちはいちおう、将校さんが来る店になってるの」

「佐官や、将軍も？」

「いえ。将軍さんは、来ない。でも、佐官さんはときどき来るかな」

「じゃあ、参謀たちもだ」

「ええ。何人か、見たことがある」

「どうして参謀だってわかる？」

「立派な参謀肩章《けんしょう》をぶらさげて来るから」

順二はくすりと笑った。

「酒を飲むのに、そんな軍服を着ていては窮屈だろうな」

「お忍びなのか、背広で来るときもある。たぶん軍服でやってきて、ホテルの部屋かどこかで着替えるんでしょうけど」

「わざわざ着替える必要があるの？」

「張作霖の事件以来、駐屯地の外では、偉い軍人さんもいつ狙われるかわからないって聞きました。あの事件って、関東軍がやったことだって、中国のひとは信じてるんですよ」

「そうなのかい？」

「わたしは何も知らないけど、哈爾濱では、総理大臣も務めた伊藤博文《いとうひろぶみ》さんが、朝鮮のひとに暗殺されたこともあったんだし」

「じゃあ、お忍びのときも、護衛がついているんだな」

「従卒さんが、そばにいるんでしょうね」

「それだけ用心しても、千春さんには見破られてるんだ」

「お店の中では、軍人だってことを隠してないし、顔を覚えたひともいるから」

「でも、参謀って、関東軍の司令部には何人もいるんじゃないの？」

「詳しくないけど、十人とか、それ以上いるのかな。板垣《いたがき》さんとか石原《いしはら》さんとか、何人かはうちに来てる」

少し間があって、順二が訊いた。

「千春さんと一緒に、食事に行くにはどうしたらいい？」

千春は歓喜の声を上げるところだった。自分と一緒に過ごしてくれる！

「海鮮とか、連れていってくれます？」

「音楽が入る店にも」

「あたしがお店を休めばいいだけです。代わりのひとは、お店で見つけてくれますから」

「休んだ分の日当を、千春さんに払わなければならないね」

「何言ってるんですか。義父さんにあんなに渡してくれたのに。あたし、きっと返します」

「いいよ。案内してくれて、一緒に過ごしてもらえるだけでいい」

「いつにします？」と、せかすように千春は言った。もう自分は明日も、うちには帰らずに順二と過ごすことを願っている。「明日でもいいです」

「そう？」順二は天井を見つめてから言った。「明日の五時に、待ち合わせできるかな。カフェのようなところがあれば、そこで」

千春は日本人の多い大連駅前を思い浮かべながら言った。

「駅前の銀座《ぎんざ》通りに、倫敦《ロンドン》ミルクホールというカフェがあります。森洋行《もりようこう》と東京堂《とうきょうどう》というお店のあいだです」

「じゃあ、そこで。それまでぼくは、郊外を見てまわってこよう」

昼間は会えない、と言われたのだろう。やむをえない。一度肌を合わせたというだけで、情人《じょうじん》気取りをしてはいけない。千春はうなずいた。

そしてじっさいは、朝食をホテルの食堂で向かい合わせの席で食べて、もう一度部屋に戻った。気持ちよく晴れた九月の朝だった。千春は順二に散歩をせがみ、大広場から中央公園へと、順二に腕をからませて歩いた。ロシア人の恋人同士みたいだと、千春は生まれて初めてというくらいに幸福を感じた。自分の未来に、かすかな夢が芽生《めば》えたことも否定しない。このひとは、わたしをこの街から連れ出してくれることはないだろうか。内地で一緒になろうと。いいえ、内地でなくてもいい。哈爾濱でも。シベリア鉄道のずっと先の、どこかヨーロッパの街でも。そんな夢がかなうはずはないと、頭ではわかっているけれども。

千春は最後に電気遊園《でんきゆうえん》で順二と一緒にソフトクリームを食べ、いったん別れた。

東の空がほんのかすかにしらみ始めてきたところで、目を覚ました。いま四時ごろだろうか。暗いうちに、確か吉林《きつりん》駅で停まった。その直前、列車の揺れ方が違ったので目を覚ましたのだが、あのとき松花江《しょうかこう》の鉄橋を渡ってしまったのだろう。哈爾濱まではあと二時間ぐらいか。車掌が通りかかったところで、時刻を訊いてみよう。


その日、オデッサ・クラブに行って支配人に休ませて欲しいと告げた。この日、大きな船は港に入っていない。支配人は了解してくれた。たぶん日本人街の若い女の子に声をかけて、乗り切るだろう。千春はこの日、いちばん気に入っている青いサージのスカートにブラウスを着た。それに白いカーディガン。帽子はかぶらなかった。長い髪は、いつものように後頭部でまとめて背中におろしただけだ。前夜、義父に売られようとした娘には見えないだろう。勤め人の家のお嬢さんには見えないにしても。

倫敦ミルクホールは、赤煉瓦《れんが》造りの洋館だった。尖塔《せんとう》があるので、日本橋の北詰、ロシア町の入り口にある旧東支鉄道事務所の建物の雰囲気にも似ている。もちろん大きさはまるで違うが。一階がカフェで、二階が洋食店だった。女給は全員が日本人だ。

ミルクホールには、少し早めに着いた。順二の姿が見えなかったので、千春は若い女給に、入り口が見える窓側の席を頼んだ。四人掛けのテーブル席に着くことができた。席は列車の席のように背板が高く、客同士の視線が合わない造りとなっている。千春はメニューをじっくり眺めて、ミルクを注文した。オデッサ・クラブのビール一本ほどの値段だった。

壁の時計が、午後五時三分前となったとき、入り口のドアが開いて、順二が姿を見せた。千春は手を振った。順二が千春を見つけて、通路を歩いてきた。千春の席の脇まで来て、順二は通路の奥に何か見たようだ。あ、という顔になった。誰か知っているひとがいたようだ。

順二は、千春に、ちょっと失礼、と言ってから、千春の背後の席の客に声をかけた。

「先に着いてたのか？」

「ああ」と男の声がした。「目処《めど》もついたから」

女の声が聞こえた。

「一時はどうなるかと思ったけど」

また男の声。

「誰か、いるのか？」

順二がその男女に言った。

「うん。千春さん。今晩、同行をお願いしたんだ」

それから順二は千春に言った。

「こっちへ移らない？」

女が、少し驚いたような声を出した。

「背中合わせにいたの？」

千春が立つと、ひと組の男女だった。三十歳くらいの男と、それより少し若いかと見える女。女は中国服だ。浪速町の坂本商店の前にいた男女だとわかった。

順二が、千春をふたりに紹介した。

「オデッサ・クラブの女給さんで、千春さんだ」

順二がそのあと、早口で何かつけ加えた。日本語には聞こえなかった。英語だったのかもしれない。

順二はまた日本語に戻して言った。

「今晩、店に一緒に行ってくれる。大連の事情に詳しいひとだ」

男が言った。

「ああ、なるほど」

千春は、頭を下げて女の横に腰を下ろした。

順二が、ふたりを友人の山田夫妻だと紹介した。山田登と、直美。ふたりは自分と一緒に満洲を回るつもりでいるのだと。

山田夫妻の外見とか雰囲気が、一風変わって感じられた。知らない国から来た男女のようだった。そもそもふたりのあいだにあるのは、夫婦という空気ではない。立場の上下の差もない同僚同士のようだ。

少し大連について雑談をしたあとに、千春は言った。

「順二さんとおふたりが一緒のところを見ました。満洲は、やっぱり物騒に感じますか?」

「どうして?」と夫人が訊いた。

「坂本商店は、鉄砲を売っているところですから」

順二と山田が一瞬、無表情になった。感情を殺した顔。

「見てたの?」と順二が訊いた。

「ええ。道の反対側にいたので、声はかけませんでしたが」

山田が言った。

「拳銃まで売っている店って珍しくって、つい覗《のぞ》いてしまった」

ウエイトレスがテーブルの横に立った。

順二が注文したが、千春には聞き取れなかった。ウエイトレスも、え、と訊き返した。

山田直美が順二に笑いながら言った。

「コーヒー、よ。訛りがひどすぎる」

ウエイトレスが頭を下げて離れていった。

喫茶店を出たあと、四人で連鎖街の中国人経営のレストランに行った。大連は海産物が豊富で、中国式の海鮮レストランが日本人にも人気なのだ。店の生《い》け簀《す》から食材を選び、調理法を指定して、奥の席で待つ。やがて、注文した貝なり魚なり蟹《かに》や海老《えび》なりが、指定した通りの調理と味付けで運ばれてくるのだ。

順二たちは、お酒を注文しなかった。お茶を頼んだだけだ。お酒は次の酒場で飲むつもりなのだろうと千春は思った。まずは腹ごしらえだけということだろう。

料理を食べている途中で、最初山田が席を立って、店を出ていった。何か店を見学してくるということだった。十分ほどで帰ってきて、次に直美が出ていった。最後に、順二が直美と交替するように店を出て、彼だけは五分ほどで戻ってきた。料理を食べているあいだ、会話はさほどはずまなかった。山田は無口だし、直美は満洲の観光の話ばかりしている。順二は、直美の話に合わせて相槌《あいづち》を打ったり、質問したりしているだけだ。三人とも、千春の生い立ちとか家庭のことについても、まったく訊いてはこなかった。ありがたい心づかいではあったけれど、順二も千春にはさして関心がないように感じられて、千春はだんだん寂しくなっていったのだった。

連鎖街のレストランを出たのは、午後の六時過ぎだ。播磨《はりま》町の有名ダンスホール、上海《シャンハイ》倶楽部《クラブ》に行くのだという。ロシア人の楽団が入り、ロシア人のダンサーもいる店だ。その点では、雰囲気はオデッサ・クラブと似ている。ただ、こちらのほうが少し格式が高いだろうか。歩いて七、八分ほどの距離だった。

客はそこその入りだった。山田が、日中に予約していたとのことで、すぐに奥の半円形の席に案内された。女性ふたり連れだったから、席についてくれた女給は、年配の日本人ひとりだけだった。女ふたりをあいだに、両端に順二と山田だった。女給は山田の隣りについた。

お酒を注文してから、順二が千春に訊いた。

「ここは、どういう客が来ているんだろう」

千春はさっと店内を見渡した。軍服姿はなかったが、ステージから最も遠い席に、四人の日本人男性客がいた。背広姿だが、そのうちふたりは見たことのある軍人だった。

「日本人のお金持ち。満鉄の偉いさんはいないみたい。陸軍さんも来てる」

「そう？　軍服はいないけど」

「奥の四人がそうですよ。丸刈りだから、背広着ててもわかりますよね」

順二が、その席にはまっすぐに顔を向けずに訊いた。

「なんていうひとたち？」

「関東軍の板垣さんと、石原さんがいます」

「どれが板垣さん？」

「左からふたり目。チョビ髭のひと」

「石原さんは？」

「その右隣。少しふっくらした顔のひと。あとのふたりは見たことがない」

順二は、山田のほうに身体を倒して言った。

「チョビ髭が板垣。丸顔が石原」

山田が上目づかいでその軍人たちに目をやった。直美も、真剣なまなざしを軍人たちに向けている。

注文のお酒がきたけれども、順二たち三人はグラスに唇をつけただけだった。まったく飲んでいない。そして、大連の観光地の感想などを笑いながら語りつつ、ときおり目をその軍人たちに向けるのだった。

板垣が洗面所に立ったときだ。少し置いて山田も席を立ち、洗面所に向かった。板垣とは、洗面所で一緒になるか、廊下で鉢合わせするような時間差で。次いで石原が立ったときは、直美が立った。まるで洗面所の外まで尾行するようにだ。

なんとなく疑念が膨《ふく》らんでいった。

三十分ほど経ったところで、直美がホテルに戻ると言って出ていった。

山田は引き止めなかった。ふたりは喧嘩《けんか》でもしたのだろうかと、千春はいぶかった。まったく気がつかなかったが。

ふたりの宿は、ヤマトホテルとのことだ。この店から大広場に向かってすぐだ。一分もせずに着ける。

さらに十五分ほどして、その軍人たちが引き揚げる様子を見せた。すると山田も女給に勘定を頼んだ。かなり唐突に会話を打ち切ってだ。

軍人たちが出て一分後には、千春たちも店を出た。店の外に出たときは、もう軍人たちの姿はなかった。自動車が用意してあったのだろう。

千春たちはヤマトホテルの脇を通り、大広場に入った。順二が、千春に、ちょっと待ってと言って、山田と並んで少し離れた場所まで歩いていった。笑顔で何か言っているが、話の中身までは聞こえなかった。五分ほどで、順二が千春の前まで戻ってきた。

「ぼくらは、もう少し飲んでいくことにした。きょうは楽しかった。ありがとう」

棍棒《こんぼう》でいきなり背中を殴られたように感じた。これは、お別れという意味？　もうわたしとはいたくないの？　男同士で飲むのがいいと言うの？

もうひとつ意識した。

わたしは、もう用済み？

声もなく棒立ちになっていると、順二が言った。

「もしうちに帰るのが嫌だったら、昨日の部屋は取ったままだ。あっちを使っていい」

千春は、なんとか気持ちを奮い立たせて言った。

「順二さんの部屋に行っちゃいけませんか？」

「ぼくは」順二は苦しげな顔になった。「すまない、今晩は、勝手にさせてくれないか」

「明日は、どうするんです？」

返事が遅れた。もうわかった。順二はもう、二度と自分とは関わらないつもりなのだ。

「冷たいことを言うことになるけど、今晩はぼくは山田と遊びたい。昨日のことは昨日のことだ」

「わたし、わかってます」自分でも驚くほどに、冷やかな声となった。「順二さんのこと」

「何が？」

「スパイなんですね」

「まさか」

「中国のスパイ？　それともイギリスかロシア？　あの山田さんたちも、日本人じゃないですよね」

「違う。スパイじゃない」

「日本人ですか？」

答えに一瞬の間があいた。

「そうだ」

「さっき、山田さんがお財布を出したとき、ちらりと外国のお札が見えました。わたし、イギリスのお札を知っています。イギリスのものでした」

「旅行しているんだ。おかしいかい？」

「内地からのひとで、イギリスのおカネを持って来るひとはいません。順二さんも、英語でしゃべっていましたね。わたしに聞かれてはまずいことがあったんですよね」

「隠語みたいなものだ」

「関東軍のあの偉いさんたちのことを調べるために、わたしに近づいたんですね」

「ちがう。千春さんに会ったのは、偶然だった」

「あの軍人さんたちを、殺すんですか？」

「どうして殺さなくちゃならない？」

否定ではなかった。答えをはぐらかしたのだ。

「だって」

「頼む」順二は厳しい口調となった。「ぼくは明日、大連を発つ。きょうは山田と遊ぶ約束をしたんだ。遊廓に行くつもりだ。だから、ホテルに戻って、自分の部屋で眠っていてくれ」

遊廓に行く。そういう男だったのか。自分の心がとうとう折れたと感じた。千春は言った。

「わたし、おカネはきっと返すと言いました。でも、あれはいただきます。あれがひと晩のわたしの値段でした」

「何を言い出すの？」

「順二さんの気持ちがラクになるかと思って。あと腐れなく、この街を出て行けます。順二さんは、わたしには何の借りも義理もありません」

くるりと背を向けて、広場を駆け出した。でも、もし呼び止められたら、立ち止まってしまいそうな気もした。呼び止めて欲しいと、やっぱり自分は願っている。あの人は女たらしには見えなかったし、薄情ものとも思えなかった。だから。だから。

呼び止める声はなかった。千春は込み上げてくる涙を左手の袖《そで》で拭きつつ、広場の舗石《ほせき》の上を駆けた。

すっかり朝となって、哈爾濱の街が近くなったようだった。線路沿いに、煙突のある泥《どろ》煉瓦造りの民家が目につくようになった。その密度が増している。あと十分とか十五分で、駅に着くのではないだろうか。

そういえば、と千春は思った。あの駅のホームのどこかで、伊藤博文が銃で撃たれて死んだのだ。二十年ぐらい前のことだと聞いているが。

順二に言われた通り哈爾濱まで来たが、ここからどうしたらいい？　ひと列車遅れるかもしれないという順二を待つ？　いや、順二は一日遅れるかもしれないと言っていた。つまりあの約束は、そもそも日にちと時刻を取り決めたものではないのだ。約束と言えるような重い言葉ではなかったのではないか。

自分は、見てくれだけ誠実そうな男のでまかせを信じてしまったのか？　そこまで世間知らずのつもりはなかったし、男を見る目は多少なりとも養《やしな》ってきたつもりだったけれど。

不安と、心細さと、自分自身への怒りを抱えて、千春は窓の外を見つめた。

通路を歩いてきた女性が、すっと千春の横の席に腰を下ろした。男仕立ての背広を着た女性だった。

「いい？」とその女性が言った。

顔を見て驚いた。山田直美、と名乗った女性だ。五日前に会ったときよりも、少しやつれて見える。

彼女はどこから乗ってきたのだろう。奉天か、それとも長春からだろうか。

「久しぶり。七年ぶりだわ」

「え？」と、千春は首をひねった。このひとは、何を勘違いしているのだろう？

「七年ぶり？」

「ええ」と、直美がうなずいた。

意味がわからない。自分がこのひとと会ったのは、つい五日前のことだ。

そうして一昨日の夜、順二がオデッサ・クラブの入り口に現れたのだった。

その三日前、大広場で別れたときと同じ格好だ。肩から旅行鞄を提げている。少し疲れているように見えた。目の下に隈《くま》ができている。どこか脅えるような目で見つめてきた。

「外で、少し話せる？」と順二がかすれた声で言った。

そばにいた春子が、行っておいで、と目で言ってくれた。

歩道に出て、順二を見つめた。やはりおカネを返して欲しいと言いにきたのだろうか。そのときは、自分の幻滅はもう決定的になる。二度と顔を見たくないと思うことだろう。

ところが、順二は意外なことを言い出したのだ。

「この街を出て、哈爾濱に行こう。明日、汽車に乗るんだ」

何を言われているのかよくわからず、千春はまばたきして順二の顔を見つめた。

順二はポケットから封筒を取り出してきた。

「これは、明日の汽車の切符だ。もしぼくを許してくれるなら、まず満鉄で、長春に向かってくれ。九時発の、長春行き急行『はと』だ」

どういう意味なのだろう。駆け落ちしようと言っている？　哈爾濱で所帯を持とうと言ってくれているの？

「それって、どういうことなんですか？」

「千春さんを、この街に残していきたくない。利用して捨てたと思われて、この街を出たくない」

「わたしはおカネをいただいて、ひと晩優しくしてもらった。それだけのことです。食事にもダンスホールにも連れていってもらった。よくあることですし、次の日のお別れには慣れています」

嘘だ。虚勢と言ってもいいかもしれない。そんな経験はなかった。一度、日本人船員と親しくなり、三月後にべつの女に乗り換えられたことがあるだけだ。

順二は、千春の嘘に気づいた様子も見せずに言った。

「今夜ひと晩考えてくれないか。もしぼくと一緒にこの街を出る気が出てきたら、明日駅に行って、この切符で指定の席に乗ってくれ。もし明日の朝になっても、そんな気が全然起きないなら、切符は駅で払い戻してもらえばいい」順二は、監部通りの馬車や自動車の音を気にしてか、後ろに顔を向けてから言った。「ただ、何か突発事故が起こるかもしれない。そのときは、ぼくを待たずに、そのまま列車に乗って哈爾濱に行ってくれ。一本遅れる。あるいは一日遅れるかもしれないけれど、必ず追いつく。どこかで、千春さんに追いつくから」

監部通りの裏手のほうで、呼子《よびこ》のような音がした。ピーッと甲高く、二回、三回。男が叫んでいるような声もした。

順二は、ちらりと振り返ってから、早口でつけ加えた。

「もしかしたら、ぼくは同じ列車に乗れないかもしれない。でもひと列車遅れて。いや、一日遅れてでも、必ず千春さんを追いかける。哈爾濱に向かって、駅で待ってくれ」

「哈爾濱で、どうするつもりなんですか？」

「そこからまた、どこか遠くに行こう。哈爾濱から先なら、確実に一緒に行ける。モスクワでも、パリでも」

「お上手《じょうず》ですよ。何人のひとに、そんなふうに言ってきたんです？」

順二は傷ついたように顔をしかめた。

「何と言われてもいい。ぼくの言葉を多少なりとも信じてくれるなら、その汽車に乗ってくれ。遅れても追いつく。千春さんが行きたいところに、一緒に行く。この街での用事さえ済ませたら」

「スパイの仕事を、ですね」

順二は否定しなかった。

「ぼくの言葉を信じてほしい。信じられないかもしれないけど、嘘じゃない。ぼくにもしものことがあっても、絶対にきみに追いつくから。もしぼくが追いつけなかったら、哈爾濱駅の伝言板に、居場所と連絡先を書いて。いいね？」

また呼子が鳴った。いましがたよりももっと切迫した響きだ。

「もう行かなきゃならない。じゃあ」

順二はくるりと踵《きびす》を返すと、夜の監部通りを駆けて横断していった。日本橋を渡ってロシア町へ向かうのかもしれなかった。

順二の姿が闇の向こうに消えてから、千春は封筒の中身を取り出してみた。

翌日の哈爾濱行き急行の二等乗車券だ。席が指定されている。それに、横浜正金銀行の紙幣で百円。

ふん、と鼻が鳴ってしまった。手のこんだ嘘をつくひとだわ。でも、明日一回だけは騙《だま》されてあげる。わたしには、何の損もないことだから。哈爾濱観光して戻ってきてもいいのだし。

山田直美と自己紹介していた女に、千春は言った。

「順二さんは、一緒ですか？」

「ううん」と直美は答えた。「哈爾濱で待っている」

「待っている？　ひと列車か、一日か遅れるかもしれないと言っていましたが」

「ずいぶん時間がかかったけれど、先回りしている。駅であなたを待っている」

「一昨日、切符を渡してもらったんですよ」

「順二さんは、それから七年、この機会を待ったの」

「何を言われているのか、わかりませんが」

「順二さんが、じっくり説明してくれる。ずっと長いこと遅れて、ようやくここに来ることができた」

「順二さんは、どういうひとなんです？　直美さんも」

「気がついているんでしょう？」

「スパイ」

直美はうなずいた。

「そんなようなもの。遠くから来て、順二さんたちと一緒に、とても大事なことをやってきた。最初は、こちらの時間で言えば二年前。その次があなたに会ったとき。あれから、七年が経ったの」

「あれは五日前ですよ」

「そうね。その年も、失敗した。わたしたちは何度か、別の時間の別の瞬間で、歴史を少しだけ修正しようとしてきた。やっとそれに成功したの。なんとか我慢できる歴史に、修正できたの」

千春は、何を言われているのか、まったくわからなかった。このひとは、正気なのか、とも思った。

「あのひとは」と直美は言った。「あなたとの約束を果たすために、この時間に戻ってきたの。自分たちの務めがたとえ百万人のひとの命を救ったとしても、ひとりの女性を泣かせたままにしたなら、その務めは無意味だったって。そして、あなたがいて、戦争のない時代なら、自分は幸福に生きていけるって」

理解できないままに、千春は質問した。

「登さんも、この汽車ですか？」

「三度目の仕事のときに、失敗して死んだわ」

「登さんは、旦那さんだったんですよね」

「そういう言い方もできる。登が」直美は言い直した。「登さんが死んだあと、向こうに戻ってわたしと順二さんは二年一緒に暮らした」

そういう仲だったのか。千春は自分の気持ちがすっと暗くなったのを意識した。

「同じお勤めで、みなさん仲良しだったんですね」

千春の言葉が多少子供っぽかったのかもしれない。直美は微笑した。

「そう。そういうチームだった。そしてわたしたち、最後の最後の任務で、長年の懸案をやっとなし遂げたの。そうしたら、順二さんは言ったのよ。戻っていいかと。あなたに会ったあの年の九月の、満洲に。戦争のなくなった歴史のあの九月に」

「いまのことですか？」

「そう。わたしたちのいた時代から見て、ずいぶん前のことになるけど、順二さんは、あなたとの約束を果たすために、いまのここに戻りたいと言った」

「でも、一緒に暮らしていたんでしょう？」

「一緒にいても、あなたとの約束を果たせなかったことで、順二さんはずっと苦しんでいた。若い女の子を利用して捨てたようなものだと。だからわたしは、了解した。行ってあげてと。

十分に、わたしは幸福だったから」

　その言葉の意味をかみしめてから、千春は訊いた。

「もうひとつ教えてください。直美さんたちはあれから七年もべつの世界で生きていたとして、どうして順二さんは、大連に戻ってきてくれなかったんです？　わたしは大連にいたまま、待っていればよかったんでは？」

「順二さんは、満洲を出ないことには、元の時代には戻れなかったの。だから哈爾濱行きの切符をあなたに渡した。でも、わたしたちはあのときは歴史の修正に失敗したの」

「それって、あの関東軍の偉いさんたちを暗殺するとか、そういうことですね」

「わかっていたのね。そう。大きな戦争が起こるのを止めるためにね。誰が満洲の謀略の首謀者かはわかっているけれど、写真だけでは、それが対象かどうか確信を持てなかったから、事前に顔を知っておく必要があった」

「それで、上海《シャンハイ》倶楽部にわたしを連れていった。関東軍の偉いひとたちが来ているはずだから、ということですか」

「そう。あそこでせっかくあなたが板垣や石原の顔を教えてくれたのに、あのときも失敗した。そしてその歴史では、戦争が始まってしまってそれが十五年も続き、数百万の、いえもっと多くのひとが死んだ。あなたもとても苦労することになる。だから順二さんは、この年まで戻って、哈爾濱であなたの乗る列車を待つことにしたのよ。歴史が修正される六日前のきょうのこの時刻に」

「六日後に何かが？」きょうは九月の十二日だから、それは十八日ということになるが。

「何があるんです？」

「何もない。というか、陰謀の首謀者たちが事故死し、陰謀も事前にばれて、戦争は避けられるの」

いつのまにか列車は、市街地に入っていた。大連中心部のような大きな建物が、窓の外に連なっている。直美は腕時計を見て言った。

「もうじきね。言っておくけど、順二さんは、七年分老《ふ》けた。あなたにそっぽを向かれることも覚悟している。それでも、約束は守ろうとしているの」

少し考えをまとめた。直美の言うことを、自分の知識の範囲で理解しようと努めた。でも、やっぱりわからない。とにかくどこかの国のスパイが、戦争を止めた、ということでいいのだろう。

「哈爾濱で順二さんが待っていてくれるとして、直美さんがここにやってきたのはどうしてです？　順二さんは」千春はためらってからあとを続けた。「直美さんと別れたということですよね。別れたのなら、直美さんまでここに来る必要はなかったのでしょう？　いまに来るというのは、簡単な旅行ではないようだし」

直美は目を伏せて首を振ってから言った。

「老けてしまった順二さんが哈爾濱駅であなたに振られたら、いえ、いまではなくても将来そうなったら、慰めてあげるひとが必要でしょ。あのひとは、こちらの世界には、あなた以外にただのひとりも知り合いがいないのだから」

「そんな場合は、一緒に戻るのですね？」

「いえ。この旅行は、身体への負担が大きいの。順二さんはこれが最後の旅行だとわかっている。わたしももう向こうに戻る旅行には耐えられない。この世界でこのまま生きるつもり」

どうやって、とは訊かなかった。あえて本人の言う遠くの世界から、わざわざやってきたのだ。生活してゆける目途はあるのだろう。

ほどなくして列車は、駅の構内に入った。線路の切り替えポイントを通過するたびに、列車は横に揺れた。やがて速度がいっそう落ち、汽笛が鳴って、列車は哈爾濱駅のホームに滑り込んだ。直美が席から立った。

千春も立ち上がり、旅行鞄を手に提げて通路を乗降口へと向かった。直美がすぐ後ろについてきた。彼女は軽装だ。肩に掛けた革鞄以外に持ち物はなかった。

列車が完全に停まってからホームに降り立ち、ホームの先のほうに目をやった。この駅は、階段を上ってから改札口を出るのだろうか。

直美が、千春のすぐ後ろでささやいた。

「あのひとを、許してあげて」

ホームを前方に歩いていく乗客の行く手に、ひとりこちらを向いて立っている男がいる。背広姿で、帽子を取っていた。

安西順二だ。目が合った。

七歳老けた、と直美は言っていた。たしかに、そう見える。自分が歓迎されるかどうか、案じているような顔だった。

どうしよう、と千春は迷った。自分は順二を受け入れていいの？　吹っ切ったはずではなかったの？　順二がどんな男か、どの程度のくずか、わかったと思っていなかったっけ。

でも歩きながら、顔がくしゃくしゃとゆるんでいくのを感じた。頰に、涙が伝っていく。

あのひとは、約束を守ってくれた。あのひとは、わたしを追いかけてきてくれた。直美の言葉では、どこかよその世界から七年ものときをかけて。だったら、ひとことあいさつくらいしてもいい。もうとっくにあなたとは切れたつもりでしたと、拒絶するのはもう少しあとでいい。

歩きながら涙顔で後ろを見た。直美の姿はなかった。一緒に降りてきたはずなのに。すぐ後ろを歩いていると思い込んでいたのだけど。

また顔を正面に向けた。もうふたりのあいだの距離は、ほんの二十歩ほどだ。

順二が、何か言った。言葉にはせずに、口の動きだけで。

ごめん、と言ったのだろうか。悲しませてごめんと。
わからないままに、千春は順二に向かって駆け出していた。

解説

杉江松恋《すぎえまつこい》（書評家）

佐々木譲、世界のすべてを書き尽くそうとする作家。

『図書館の子』はその真髄《しんずい》が詰め込まれた短篇集である。本書を読んで心を惹《ひ》かれた方は、ぜひ他の作品も手に取ってもらいたい。まずはここを入口に。多くの作品を巡った後、おそらくまたここに戻ってくることにもなるだろう。そうそう、こういう魅力のある作家なんだよ、と確認するために。

本書は六篇から成る作品集である。単行本の奥付は二〇二〇年七月三十日初版一刷発行となっており、二〇一九年から二〇二〇年の間に発表された短篇が収められている。

収録作すべてを貫く趣向が存在するのだが、ここでは触れないでおこう。もしかするとカバー裏の紹介文などで触れられているかもしれないが、先入観なしに読んだほうが驚くし、楽しめるはずだからである。曖昧《あいまい》な形で書くと、時間がどの作品でも主題になっている。時は流れ、過ぎ去った日々は二度と取り戻せない。その事実が意味を持つのだ。

巻頭の「遭難者」は、個人的に味わい深い読書体験をした短篇である。本作は「小説宝石」二〇一九年一月号に掲載された。物語は一九三七（昭和十二）年七月二十日の夜に始まる。宿直医として病院に詰めていた児島志郎《こじましろう》の元に奇妙な男性患者が搬送されてきた。全裸で、隅田川《すみだがわ》に浮かんでいるところを救出されたのである。やがて彼は意識を取り戻すが、児島から日付けを聞かされて驚愕《きょうがく》したように見えた。

冒頭、児島が隅田川の上空に不思議な白熱光を目撃する場面が描かれる。この現象の意味はなかなか明らかにされない。病院を築地《つきじ》署の警察官が訪ねてくる。時局が緊迫しつつあった時期であり、不審な患者は外国人のスパイではないかと疑われたのだ。

個人的な読書体験というのはこの部分で、佐々木の他作品にリンクする感覚があった。というのも当時佐々木は「小説すばる」と「オール讀物」の二誌でそれぞれ、もう一つの戦前を描くことを主題とした長篇連載を行っていたからだ。

両作には日露戦争が歴史の分岐点になっているという共通項がある。日露戦争では日本が勝利したが、もしそこでロシアに敗北していたら、という思考実験から始まる歴史改変ＳＦなのだ。「小説すばる」連載の作品は『抵抗都市』（二〇一九年。現・集英社文庫）として刊行された。日本はロシアに実質上占領されており、統治下にある東京で起きた事件を日本人の刑事が捜査するという警察小説になっている。一九一六（大正五）年だから、第一次世界大戦の最中という設定だ。「オール讀物」の方は各章が連作短篇のような形式で発表され、『帝国の弔砲《ちょうほう》』（二〇二一年。文藝春秋）として単行本化された。これも同じくロシアに日本が敗戦した後の世界が舞台となっており、主人公はシベリア入植者の二世という設定である。彼は数奇《すうき》な運命を経て日本に潜入するスパイとなるのだ。『抵抗都市』よりも後の時代で、実際には幻に終わった一九四〇（昭和十五）年の東京五輪が作中では開催される。この二作が同時進行中だったのである。「遭難者」を読んで私が真っ先に思ったのは、これもまた同じ時間の流れに連なる物語ではないか、ということだった。結論を書いてしまえばそれは外れなのだが、「もう一つの戦前」を描いたという意味ではまったくの勘違いではなかったことになる。「遭難者」だけではなく、本書には第二次世界大戦という歴史上の大事件がなんらかの形で物語に影を落とす作品が多く収録されているのである。これは意図的な仕掛けであろう。

表題作は大雪の晩を舞台にした一夜の物語である。主人公はクルミとあだ名される少年だ。ある日彼は図書館で午後の時間を過ごすことになる。たった一人の親である母が仕事から帰ってくるまで、他に行く場所がないからだ。しかし吹雪《ふぶき》の荒天《こうてん》となり、交通が遮断される。図書館員が彼の存在に気づかず帰宅したため、クルミはたった一人取り残されてしまう。寒さに凍えそうになったとき、大人の男性が彼の前に現れるのである。

二番目に収められている「地下廃駅」で時間の起点となるのは一九六〇（昭和三十五）年の夏なのだが、その十五年前、すなわち一九四五（昭和二十）年八月十五日の日本が戦争に負けて連合国側に降伏した直後の日々が語り手の人生に影響を及ぼす。巻末の「傷心列車」

の舞台となるのは一九三一（昭和六）年の中国大陸だ。主人公は千春《ちはる》という若い女性である。彼女は安西順二《あんざいじゆんじ》という男性から切符を手渡され、大連《だいれん》から哈爾濱《ハルビン》へ向かう列車に乗った。安西は同行していないが、どこかで必ず追いつくと約束した。すがるようにその言葉を信じて、千春は車中の人になったのである。

二篇とも都市小説として魅力的である。「地下廃駅」は冒頭で、台東区上野の台地について語られる。その地下には京成線が走っているが、かつて存在した寛永寺坂《かんえいじさか》駅に戦時中は運輸省が特別列車を避難させていたというのである。東京が空襲に遭った際は、それを鉄道の指令室とすることが予定されていたのだ。その特別列車がいまだトンネルの中に止められたままだという都市伝説に主人公が興味を持ったことから話は動いていく。「傷心列車」で特徴的なのは日本軍占領下の大連が描かれることである。かつてロシアの租界であったころはミモザ・ホテルと呼ばれていた建物が、日本に支配権が移ってからはアカシア旅館と名称が変わった。そうした話題を振りまきながら作者は土地を描写していき、一九三〇年代大連の情景を鮮やかに浮かび上がらせるのである。地図を片手にその土地を旅しているような楽しさは、佐々木が作品にしばしば盛り込むものだ。

両作はまた、共に約束の物語でもある。約束とは時間の重さを背負った言葉のことだ。それを果たすことができるか否かという首尾は約束を交わした者たちの心を縛り続ける。刻印された時間が両篇の語り手たちにどのような人生を歩ませることになるかは読んで確かめていただきたい。ちなみに「傷心列車」はその後、派生作品ともいうべき長篇が「小説宝石」に連載されており、二〇二三年五月に『時を追う者』として刊行される予定である。

感心するのは、ここまで紹介した四篇が、それぞれまったく異なるプロットを用いて書かれていることだ。たびたび書くように本書の収録作には時間を主題にするという共通項がある。書くべきことが共通しているのに、核となるものをどのように作中で扱うかはまったく技法が異なるのである。正面から書かれるものがあれば、不意の来客が訪れたかのようにひょっこりと顔を出す場合もあり、最後の最後まで読んでようやく話の構造がわかるという作品もある。実に多彩だ。

収録作の残り二篇、「錬金術師の卵」「追奏ホテル」は直接戦争の時代を扱っていないという点で他の作品とは風合いが異なっている。その時代にふさわしくない技術で制作されたように見える考古学上の出土品をオーパーツと呼ぶが、「錬金術師の卵」はそうとしか思えない美術品を巡る物語である。また「追奏ホテル」はクラシック・ホテル宿泊を共通の趣味とする男女が奇妙な晩を迎える話だ。前者はともかく後者がどのように時間という主題を扱うかは少しでも触れるとネタばらしになりそうなので、詳細は省く。大人の恋愛話として始まった物語が意外な形で幕切れを迎える。読者にプロットの先を想定させておいて途中でひそかに進路変更をする、という作者の技巧が冴《さ》えた一篇である。

冒頭で佐々木を、すべてを書き尽くそうとする作家と表現した。すべてを書くとは、単に題材だけにとどまらず、技法を試すということでもある。一つの主題を描くにあたり、文字通り全方位、すべての角度からそれを眺めてみる。そうした試行の結果が『図書館の子』という短篇集なのである。ちょうどこの収録作を執筆している時期の佐々木に私はインタビューをしたことがある。その際にたまたま好きなSF作家という話題になり、佐々木はレイ・ブラッドベリの名前を挙げたと記憶する。SF短篇の名手の一人である。その短篇集の題名を採り、「万華鏡《まんげきょう》のような一冊」という賛辞を本書に捧げたい。

一九七九年に第五十五回オール讀物新人賞を受賞した表題作を含む短篇集『鉄騎兵、跳んだ』（現・文春文庫）を上梓して佐々木はデビューを果たした。主として冒険小説や警察小説において高く評価される作家だが、二〇一七年に第二十回日本ミステリー文学大賞を受賞してからは自ら「佐々木譲バージョン5.0」を宣言し、それまでは手がけてこなかった領域にも挑戦していくと言明した。先に挙げた歴史改変SFなど長篇もそうだが、短篇作家としての技巧が尽くされた本書もバージョン5.0宣言にふさわしい作品である。

『図書館の子』は短篇集だが、通して読むと一つの姿勢が貫かれていることがわかる。世界の見方、とでも言うべきだろうか。表面を眺めただけではわからないことが、視点を変えることによって見えてくることがある。深く潜行する観察によって世界の構造を見極めようとする姿勢、そこから得られたものを物語の形で表現しようという意欲が佐々木作品には感じられるのだ。二〇二二年に発表した『裂けた明日』（新潮社）で佐々木は、内戦によって分断された近未来の日本を描いた。この長篇を読んだ者はおのずと、ロシアによるウクライナ侵攻などの現在進行形の事態に思いを馳《は》せることになるだろう。物語という虚構を作り出すことで佐々木は現実世界を見極めるための視座を築こうとしているのだ。

バージョン5.0宣言を経て佐々木は、その一挙手一投足に注目しなければならない作家に進化した。二〇二〇年代の佐々木譲を読まねばならない。本書を入口に、その先へ。

初出

遭難者　「小説宝石」二〇一九年一月号
地下廃駅　「小説宝石」二〇一九年六月号
（「過去からの越境」を改題）
図書館の子　「小説宝石」二〇一九年十月号
錬金術師の卵　「小説宝石」二〇二〇年一月号
追奏ホテル　「ランティエ」二〇一九年二月号
傷心列車　「小説宝石」二〇二〇年四月号

二〇二〇年七月　光文社刊

光文社文庫

図《と》書《しよ》館《かん》の子《こ》
著　者　佐《さ》々《さ》木《き》譲《じよう》

2023年5月20日　初版1刷発行

発行者　三宅貴久
印　刷　堀内印刷
製　本　榎本製本

発行所　株式会社　光文社
〒112-8011　東京都文京区音羽1-16-6
電話（03）5395-8149　編集部
8116　書籍販売部
8125　業務部

ISBN978-4-334-79531-3　Printed in Japan

組版　萩原印刷

光文社文庫　好評既刊

ダンスホール　佐藤正午
ビコーズ　新装版　佐藤正午
死ぬ気まんまん　佐野洋子
女王刑事　沢里裕二
女王刑事　闇カジノロワイヤル　沢里裕二
ザ・芸能界マフィア　沢里裕二
全裸記者　沢里裕二
ひとんち　澤村伊智短編集　澤村伊智
わたしの台所　沢村貞子
わたしの茶の間　新装版　沢村貞子
わたしのおせっかい談義　新装版　沢村貞子
しあわせ、探して　三田千恵
鉄のライオン　重松清
ミストレス　篠田節子
黄昏の光と影　柴田哲孝
砂丘の蛙　柴田哲孝
赤猫　柴田哲孝

野守虫　柴田哲孝
猫は密室でジャンプする　柴田よしき
猫は毒殺に関与しない　柴田よしき
ゆきの山荘の惨劇　柴田よしき
司馬遼太郎と城を歩く　司馬遼太郎
司馬遼太郎と寺社を歩く　司馬遼太郎
北の夕鶴2/3の殺人　島田荘司
奇想、天を動かす　島田荘司
龍臥亭事件（上・下）　島田荘司
龍臥亭幻想（上・下）　島田荘司
漱石と倫敦ミイラ殺人事件　完全改訂総ルビ版　島田荘司
フェイク・ボーダー　下村敦史
サイレント・マイノリティ　下村敦史
本日、サービスデー　朱川湊人
狐と韃　朱川湊人
〈銀の鰊亭〉の御挨拶　小路幸也
少女を殺す100の方法　白井智之